Rainer M. Schröder • Kommissar Klicker
Band 9

OMNIBUS

Die Hauptpersonen

Carlo Canaletti,
genannt Fassaden-Carlo,
ist absolut schwindelfrei und
der geborene Optimist.
Er wollte ein berühmter
Bergsteiger werden und
wurde ein berüchtigter Fassadenkletterer mit äußerst
geschickten Fingern.

Adi Ehrlich,
genannt Adi der Trickser,
kennt sich aus im
Gaunergeschäft. Er kennt
wirklich jeden Trick.
Darum ist er der Boss.

Fred Pfanne,
genannt Blacky,
ist ein stadtbekannter
Hehler mit einer Vorliebe für schwarze Kleidung und dumme
Sprüche.

Heiner von Hohenschlaufe,
genannt der Baron, tritt stets elegant gekleidet auf. Er besitzt ausgezeichnete Manieren, beherrscht den vornehmen Plauderton und hasst schmutzige, körperliche Arbeit.

Bodo Brocken,
genannt Bodo der Bomber, besitzt Bärenkräfte und kann keiner Fliege etwas zu Leide tun.

Tino Tran,
genannt Tino das Pferd, trägt Lupen auf den Augen, stellt hervorragende Blüten her und ist allergisch gegen Blumen.

Kommissar Nagel,
genannt Kommissar Klicker, weil sein Glatzkopf wie eine Kugel leuchtet, sieht zwar verträumt aus, besitzt aber einen glasklaren Verstand und einen untrüglichen Instinkt für dunkle Geschäfte.

DER AUTOR Rainer M. Schröder, 1951 in Rostock geboren, hat vieles studiert (Operngesang, Jura, Theater-, Film- und Fernsehwissenschaft) und einige Jobs ausprobiert (Bauarbeiter, Drucker, Reporter, Theaterautor, Verlagslektor), bevor er sich für ein Leben als freier Autor entschied. 1980 ging er in die USA, bereiste das Land und kaufte sich in Virginia eine Farm. Dort lebte er eine Zeit lang als Autor und Hobbyfarmer. Aber immer wieder brach er zu neuen Abenteuerreisen auf. Er hat zahlreiche Jugendbücher, Romane, Sachbücher sowie Hörspiele und Reiseberichte veröffentlicht. Heute lebt er in Florida – oder ist gerade irgendwo unterwegs auf dem Globus.

Von Rainer M. Schröder ist bei OMNIBUS erschienen:

Die Falken-Saga, vier Bände (20212, 20230, 20176, 20187)
Abby Lynn, zwei Bände (20080, 20346)
Sir Francis Drake (20126)
Dschingis Khan (20050)
Goldrausch in Kalifornien (20103)
Die Irrfahrten des David Cooper (20061)
Entdecker, Forscher, Abenteurer (20619)

Rainer M. Schröder

Kommissar Klicker

Das Omelett-Komplott

Illustrationen von
Anke Siebert

Band 20679

Der Taschenbuchverlag
für Kinder und Jugendliche
von Bertelsmann

Siehe Anzeigenteil am Ende des Buches
für eine Aufstellung der bei OMNIBUS
erschienenen Titel der Serie.

Umwelthinweis:
Dieses Buch wurde auf chlorfrei gebleichtem
Papier gedruckt.

Erstmals als OMNIBUS Taschenbuch Januar 2001
Gesetzt nach den Regeln der Rechtschreibreform
© 2001 C. Bertelsmann Jugendbuch Verlag, München
in der Verlagsgruppe Bertelsmann GmbH
Alle Rechte vorbehalten
Lektorat: René Rilz
Umschlagbild und Innenillustrationen:
Anke Siebert
Umschlagkonzeption: Klaus Renner
fs · Herstellung: Stefan Hansen
Satz: Uhl + Massopust, Aalen
Druck: Presse-Druck Augsburg
ISBN 3-570-20679-3
Printed in Germany

www.omnibus-verlag.de   10 9 8 7 6 5 4 3 2 1

Inhalt

Das Ungeheuer mit den scharfen Krallen	9
Angenehme Nachtruhe!	19
Alle Macht den Armleuchtern!	25
Das Tino-Tran-China-Symptom	32
Besuch bei den Muskelmännern	43
Die Mausefalle schnappt zu	50
Schwein mit Blüten	71
Ein Silberstreif namens Lilo Linse	80
Ausgerechnet Bananeneis!	94
Die Omelett-Falle	109

Das Ungeheuer
mit den scharfen Krallen

Dichter Nebel trieb durch die nächtlichen Straßen von Steinenbrück. Man konnte kaum die Hand vor Augen sehen. Kein Wunder also, dass Lilo Linse die klapprige Ente wie im Blindflug durch das Stadtviertel am Westpark lenkte. Ihre breiten, fleischigen Hände, die einem Pizzabäcker alle Ehre gemacht hätten, hielten das Lenkrad krampfhaft umklammert. Schweißperlen ließen ihr pausbäckiges Gesicht im schwachen Licht der Armaturenbeleuchtung glänzen. Vor Anstrengung schmerzten ihr die Augen hinter den dicken Brillengläsern. Sie merkte gar nicht, dass ihr die strohgelbe Perücke in den Nacken gerutscht war.

»Prächtiges Wetter!«, sagte Rhino Nasaletti, der vorn neben Lilo Linse in der Ente saß und sich die Hände rieb. Er war ein kleiner Mann mit gedrungenem Oberkörper, kurzen Beinen und einem narbigen Gesicht, das einer Kraterlandschaft glich. In Ganovenkreisen nannte man ihn kurz und zutreffend Schote, denn seine mächtige Nase hatte viel Ähnlichkeit mit einer Paprikaschote. »Geradezu ein Geschenk der Götter. Jaja, wenn Engel reisen ...«

»Prächtiges Wetter?« Lilo Linse schnaubte aufgebracht und ihr mächtiger Busen wogte im Mieder ihres bayerischen Dirndls. »Diese verdammte Milchsuppe ist dir wohl ins Gehirn gezogen und hat deinen Grips umnebelt, Schote! Der Nebel ist so dick, dass ich Angst habe, wir könnten mit unserer Kiste jeden Moment darin stecken bleiben!«

»Dennoch hätten wir uns für unseren Job kein besseres Wetter wünschen können«, beharrte Rhino Nasaletti unbeeindruckt und fuhr pathetisch fort: »Wir kommen wie die Geister aus den Nebelschleiern, räumen ab und lösen uns wie Gespenster im Nichts auf.«

»Wenn du wüsstest, was du da für einen geistigen Sauerquark verzapfst, würdest du dich auf der Stelle freiwillig in die nächste Klapsmühle einweisen lassen«, erwiderte Lilo Linse gereizt.

Ein gequältes Stöhnen kam von den Rücksitzen, wo Schubi Schlot saß. Der über zwei Meter große Ganove musste sich wie ein Schlangenmensch verrenken, um in der Ente Platz für seine überlangen Beine zu finden. Ihn schmerzte jeder Muskel und immer wieder stieß er mit dem Kopf unter das Wagendach. Sein knochiges Gesicht war so weiß wie frischer Kalk. Er würgte heftig.

»Hab noch von keinem Gespenst gehört, das gereihert hat«, keuchte Schubi Schlot mit krächzender Stimme. Er kämpfte gegen den entsetzlichen Brechreiz an, der immer stärker wurde.

»Reiß dich bloß zusammen und spuck uns nur nicht in den Nacken, Schubi!«, warnte Lilo Linse. »Sonst stauche ich dich so zusammen, dass du deine Klamotten demnächst in einem stinknormalen Konfektionsgeschäft kaufen kannst!«

»Ich halt es in dieser elenden Blechbüchse nicht länger aus!« Schubi Schlot stöhnte. »Du fährst wie ein betrunkener Slalomfahrer, Lilo. Ich bin schon ganz seekrank.«

»Hör bloß auf zu meckern! Was ich hier als Fahrer bringe, ist absolute Spitzenklasse, du Schönwettergangster!«, giftete Lilo Linse, die für ihr lockeres Mundwerk bekannt war. »Nicht mal Michael Schumacher könnte mir in dieser Nebelsuppe das Wasser reichen!«

Rhino Nasaletti stieß sie plötzlich in die Seite. »He, latsch auf die Bremse!«, rief er. »Oder willst du noch 'ne Ehrenrunde drehen?«

Lilo bremste. »Was ist? Sind wir schon am *Parkhotel*?«

»Na klar! Du bist gerade an der Toreinfahrt zum Hinterhof vorbeigegurkt«, sagte Schote schadenfroh.

»Das kommt nur davon, weil ihr so viel quatscht«, brummte die korpulente Ganovin, legte den Rückwärtsgang ein und hielt auf der Höhe der Toreinfahrt. »Na los, worauf wartet ihr noch? Macht euch an die Arbeit. Und seht zu, dass ihr keine Spuren hinterlasst! Der Boss macht sonst Gehacktes aus euch!«

Rhino Nasaletti stieß die Tür auf und zog eine schwarze, abgewetzte Aktentasche unter dem Beifahrersitz hervor. Sie enthielt ihr Einbruchswerkzeug. »Spar dir dein Gerede. Du hast nicht mehr zu melden als ich oder Schubi. Außerdem steht der Boss nur auf Eieromelett. Darum heißt er ja auch Omelett und nicht etwa Frikadelle oder so! Komm, Schubi!«

Ächzend zwängte sich Schubi Schlot durch die Tür ins Freie. Er gab einen lang gezogenen Seufzer der Erleichterung von sich und streckte sich, dass man die Knochen in seinem Körper knacken hörte. »Es stand

11

mir schon bis hier«, sagte er und hielt die Hand waagerecht unter seinen Adamsapfel.

Schote, der seinem Komplizen gerade bis an die Hüfte reichte, sagte zu Lilo Linse: »Du wartest hier mit laufendem Motor auf uns … für alle Fälle.«

Bevor sie antworten konnte, hatte der Motor zwei Fehlzündungen. Es knallte so scharf und laut wie zwei Revolverschüsse.

»Das darf doch nicht wahr sein!«, zischte Schote. »Willst du mit der Knallerei das ganze Viertel aus dem Bett holen?«

»Wer hat denn den Motor gründlich untersucht, he? Du oder ich?«, fuhr Lilo ihn an.

»Also gut, dann wartest du eben nicht mit laufendem Motor!«, stieß Rhino Nasaletti wütend, aber mit gedämpfter Stimme hervor und schlich mit Schubi Schlot davon.

Das eiserne Tor zum Hinterhof des Hotels war nicht verriegelt und Augenblicke später standen sie vor der Hintertür des *Parkhotels*. Rhino Nasaletti öffnete die Aktentasche. Die beiden Ganoven zogen sich Handschuhe an.

»Ich kapier nur nicht, warum wir mit Adi und seinen Kumpeln nicht gemeinsame Sache machen«, raunte Schubi Schlot und hielt seinem Kumpan die Taschenlampe. Sie war nur wenig größer als eine mittlere Zigarre und lieferte wie ein kleiner Richtspot einen schmalen, scharfen Lichtkegel. »Die sollen doch ganz schwer auf Draht sein.«

»Das waren sie mal«, flüsterte Rhino Nasaletti zurück und machte sich am Schloss zu schaffen. »Doch dann muss Adi der Trickser mal zu heiß gebadet haben, denn er hängte sein erfolgreiches Ganovenleben von heute auf morgen an den Nagel. Er sank so tief, wie ein aufrichtiger Gangster nur sinken kann, Schubi: Er wurde zu einem Ekel erregend ehrlichen Bürger. Keine krummen Touren mehr! Nichts! Und seinen fünf Freunden hat er eine Gehirnwäsche verpasst und sie mit ins Unglück gestürzt. Zusammen haben sie dieses lausige Hotel gekauft, es mit ehrlicher Arbeit wieder in einen schauderhaft gepflegten Zustand gebracht und nie wieder den rechten Weg zurückgefunden. Deshalb kann Omelett mit Adi und dessen Freunden keine gemeinsame Sache machen.«

Schubi Schlot seufzte und schüttelte betrübt den Kopf. »Erschütternd, wenn Menschen mit solch guten Anlagen auf die schiefe Bahn geraten ...«

Das Schloss schnappte auf. Die beiden Gangster huschten in den dahinter liegenden Flur, der an den Küchenräumen vorbeiführte. Kurz bevor der Flur in die Hotelhalle mündete, zweigte ein anderer Gang rechtwinklig vom Hotelflur ab. Sie folgten diesem Gang und vergewisserten sich anhand der Skizze, die Omelett ihnen mitgegeben hatte, dass sie sich auf dem richtigen Weg befanden. Sie kamen zu einer Treppe, über die sie nun in den Trakt des Hotels gelangten, in dem Adi und seine Freunde ihre privaten Zimmer hatten.

Auf Zehenspitzen schlichen sie über den Flur. Vor der dritten Tür auf der rechten Seite blieb Rhino Nasaletti schießlich stehen. Lautes Schnarchen drang durch die Tür zu ihnen in den Gang.

»Hier ist es«, flüsterte er kaum hörbar. »Das Zimmer

von Tino Tran, dem ehemaligen König der Falschmünzer.«

»Hoffentlich stimmen Omeletts Informationen auch«, sagte Schubi leise.

»Wenn sie nicht stimmen, kann Fuzzi der Fummler schon mal für seinen eigenen Sarg Maß nehmen lassen!«

Schote drückte die Klinke hinunter. Die Tür war nicht verschlossen. Er trat ins Zimmer. Als Schubi ihm folgen wollte, stieß er sich den Kopf am Türrahmen. Es bumste beachtlich und der Ganove stieß leise einen Fluch aus.

»Kannst du deine Rübe nicht einziehen?«, zischte Schote.

Tino Tran, der schmalbrüstige Exfälscher mit dem Pferdegebiss und dem stets kränklich wirkenden Gesicht, lag auf dem Rücken im Bett, den Mund halb geöffnet und die altmodische Nickelbrille noch auf der Nase. Er schnarche laut.

Rhino Nasaletti blickte sich im Zimmer um. Es war groß und gemütlich eingerichtet. Es gab eine kleine Sitzecke, Regale mit alten Büchern und an den Wänden täuschend echte Kopien alter Meister. Die Fälschungen entstammten Tino Trans genialer Hand und sie hätten einem berufsmäßigen Hehler das Wasser im Mund zusammenlaufen lassen.

Doch die Gangster interessierten sich nur für den uralten Safe, der in einer Ecke des Zimmers stand. Es war ein Monstrum von einem Panzerschrank. »Ein alter Safe von der Firma *Blech & Bruch*«, flüsterte Schote zufrieden, als der Lichtschein der Taschenlampe über das

14

Firmenschild auf der Panzertür glitt. »Und verschlossen ist er auch nicht. Bis jetzt stimmt alles, was Fuzzi unserem Boss verklickert hat. Jetzt müssen wir nur noch die heißen Platten finden.«

»Himmel, geht mir das Schnarchen von dem Burschen auf die Nerven!« Schubi Schlot stöhnte, als Tinos Atemgeräusche in immer höhere Tonlagen kletterten.

»Du passt auf ihn auf, ich hol das Zeug aus dem Safe. Wenn er was merkt, ziehst du ihm eins über die Rübe, klar?«, wies Schote ihn an und zog die Panzertür auf. Im Schein der kleinen Taschenlampe untersuchte er den Inhalt der vielen Fächer und Schubladen.

Plötzlich setzte das Schnarchen aus. Tino Tran verschluckte Luft und fuhr auf. »Oh, habe ich mal wieder zu laut geschnarcht?«, fragte er schläfrig in die Dunkelheit.

Rhino Nasaletti fuhr zu Tode erschrocken zusammen, knipste geistesgegenwärtig die Taschenlampe aus und wirbelte herum.

»Und wie«, bestätigte Schubi Schlot.

»Tut mir Leid, entschuldige«, murmelte Tino Tran, drehte sich auf die Seite und schnarchte im nächsten Moment wieder, dass sich die Balken bogen.

»Was hast du gemacht?«, wollte Schote wissen.

»Ihm die Nase zugehalten. Den Trick hab ich noch von meiner Mutter gelernt. Wenn jemand schrecklich schnarcht und man ihm die Nase zukneift, hört er meist

15

zu schnarchen auf«, sagte Schubi Schlot achselzuckend. »Aber das klappt natürlich nicht immer …«

»*Du hast ihm die Nase zugehalten?*«, wiederholte Schote, fassungslos und entsetzt. »Ooooh, neiin!« Er beherrschte seine aufsteigende Wut und knirschte nur mit den Zähnen. »Du hirnlose Latte! Er hätte *wirklich* aufwachen und Alarm schlagen können! Himmel, du hast so viele funktionsfähige Gehirnzellen wie 'ne Schaufensterpuppe!« Ohne eine Antwort abzuwarten, wandte er sich wieder dem Panzerschrank zu. Er wollte so schnell wie möglich aus dem Hotel raus. Eine krumme Tour zusammen mit Schubi Schlot war nur etwas für Gangster mit starken Nerven und unverschämt viel Glück.

Endlich fand er, wonach er gesucht hatte. Hastig umwickelte er die Beute, verstaute sie in seiner Aktentasche und schloss die Panzertür. »Jetzt nichts wie weg!«

Vorsichtig schlichen sie aus dem Zimmer und huschten den Gang hinunter. Sie kamen zur Treppe. Rhino Nasaletti ging voran. Auf dem mittleren Treppenabsatz blieb er plötzlich wie angewurzelt stehen, als er direkt vor sich eine Bewegung wahrnahm und im nächsten Augenblick ein drohendes Fauchen hörte.

»Eine Katze!«, keuchte der stummelbeinige Gangster entsetzt. »Hörst du das? Eine Katze!«

»Na und?«

»Gib mir die Funzel! Schnell!«

Im nächsten Augenblick leuchtete die Taschenlampe in der zitternden Hand von Rhino Nasaletti auf. Der Lichtstrahl tanzte über das Geländer und erfasste dann einen pechschwarzen Kater mit einem weißen, stern-

förmigen Fleck zwischen den Ohren. Die Augen des Katers funkelten und er zeigte seine scharfen Zähne, als er erneut fauchte. Das Tier machte einen Buckel und die Haare standen ihm zu Berge. Es hockte vor ihnen auf dem Stützpfosten des Geländers. Der Kater hörte auf den Namen Al Capone, doch das wussten die beiden Gangster nicht.

»O Gott, eine Katze!«, stöhnte Schote mit bebender Stimme. »Ich … ich kann … nicht weiter!«

»Sag mal, ist bei dir ein Rad locker?«, fragte Schubi Schlot verständnislos.

Schote spürte, wie ihm der kalte Schweiß ausbrach und sich alles in ihm verkrampfte. »Wenn ich einer Katze gegenüberstehe, bin ich wie gelähmt. Dann kann ich mich nicht von der Stelle bewegen … Ich … ich habe Angst vor Katzen …«

»Ach du dickes Ei!«

»Schaff das Vieh aus dem Weg!«, flehte Schote.

»Nichts einfacher als das. Mann, wenn ich das Lilo und Omelett erzähle«, sagte Schubi mit einem leisen Glucksen und streckte die Hand aus, um die Katze zu verscheuchen.

Al Capone schien nur darauf gewartet zu haben. Blitzschnell fuhr er seine Krallen aus und schlug mit der rechten Pfote zu. Seine Krallen ließen blutige Spuren auf dem Handrücken des Einbrechers zurück.

Fluchend riss Schubi Schlot seine Hand zurück. »Verdammt, das Biest ist ja gemeingefährlich!«

»Ich sagte es ja«, keuchte Schote. »Eine Katze! Was tun wir jetzt bloß?«

Angenehme Nachtruhe!

Bodo Brocken schlief den Schlaf der Gerechten. Ein sanftes Lächeln lag auf seinem Gesicht. Eine Wollmütze mit einem langen Bommel bedeckte seinen Kopf und verbarg seinen superkurzen Meckischnitt. Bodo der Bomber, wie seine Freunde den früheren Schwergewichtsboxer auch nannten, war ein Bär von einem Mann. Doch in dem durchgehenden Strampelschlafanzug aus brombeerrotem Frottee sah er eher aus wie ein Riesenbaby. In einem gewissen Sinne war er das auch.

Obwohl er die Kräfte eines Riesen besaß, konnte er doch keiner Fliege etwas zu Leide tun. Deshalb hatte seine Karriere als Schwergewichtsboxer auch ein schnelles und unrühmliches Ende gefunden. Er war auch nicht gerade der hellste Kopf auf Gottes Erde. So manches ging über sein Begriffsvermögen. Doch er war ein gutmütiger, verlässlicher Freund und er liebte Tiere über alles.

Dass Gertrude ihn jedoch aus dem Schlaf holte, verstimmte sogar ihn. Gertrude war eine wohlgenährte Gans, die sein Freund Blacky, der Koch des Hotels, zu Gänsepastete hatte verarbeiten wollen. Bodo hatte sie vor Blackys Kochtöpfen gerettet und sich ihrer ange-

19

nommen. Sie gehört nun mit Al Capone zu seinen Lieblingen und zu den Maskottchen der sechs Freunde.

Bodo merkte anfangs gar nicht, dass es Gertrude war, die mit ihrem Schnabel an seinem großen Zeh zog. Er glaubte zu träumen. Doch Gertrude ließ nicht locker, zerrte seinen Zeh hin und her und flatterte mit den Flügeln, bis er endlich hellwach war.

»Muss das denn sein?«, brummte er, rieb sich die Augen und blickte auf den Wecker. »Weißt du, wie spät es ist? Drei Uhr in der Nacht! Das solltest du mal bei Blacky versuchen! Der würde dir vielleicht Manieren beibringen!«

Gertrude zeigte sich völlig unbeeindruckt von seinem Geschimpfe, watschelte demonstrativ zur Tür und blickte ihn erwartungsvoll an.

Mit einem tiefen Seufzer schwang sich Bodo der Bomber aus dem Bett. »So, jetzt auf einmal fällt dir also ein, dass man mit leerem Magen nicht so gut schläft und du doch Hunger hast, ja? Aber heute Abend hast du für deinen Fressnapf nur einen verächtlichen Blick übrig gehabt. Nur weil ich dir diese Flocken vorgesetzt habe, nicht wahr?«

Gertrude wandte den Kopf ab und starrte auf die Tür.

Bodo fuhr in seine Pantoffeln. »Dabei weißt du ganz genau, dass dir ein bisschen Diätfutter nur gut tun kann. Du bist zu dick geworden. Jaja, ob du das nun gern hörst oder nicht, es ist die Wahrheit. Aber ich will ja nicht so sein und mit dir in die Küche gehen. Vielleicht findet sich da noch was für dich … *nachdem* du deine Flocken gefressen hast!«

Die Gans Gertrude gab ein kurzes, ungeduldiges

Schnattern von sich, ganz so, als hätte sie ihn verstanden.

Bodo schlurfte zur Tür, öffnete sie und trat mit Gertrude an seiner Seite in den Gang. Am Flurende tastete er nach dem Lichtschalter, drückte die Taste und blickte verdattert auf die Szene, die sich seinen Augen bot.

Zwei Männer standen unten auf dem Treppenabsatz und starrten ihn ebenso verstört an wie er sie. Dann bemerkte er Al Capone, der die beiden Männer, die wie gelähmt waren, anfauchte.

»Hör auf damit, Al Capone!«, wies er seinen Kater unwillig zurecht. »Seit wann fauchst du Hotelgäste an? Bloß weil sie im Dunkeln die falsche Tür erwischt haben?«

Bodo entging der Blick, den die beiden Männer tauschten. Und mit einem verlegenen Lächeln fuhr er fort: »Entschuldigen Sie meinen Aufzug. Dies ist der Privattrakt der ... äh ... Hoteldirektion. Bitte warten Sie einen Augenblick. Ich werfe mir nur schnell meinen Bademantel über und bringe Sie dann zu Ihren Zimmern.«

Rhino Nasaletti wischte sich den Schweiß von der Stirn. »Oh, das ist wirklich nicht nötig«, sagte er hastig und zwang sich zu einem Lächeln. »Jetzt finden wir schon unseren Weg. Wir haben nur den Lichtschalter nicht entdeckt. Machen Sie sich keine unnötige Mühe. Nur ...«

»Die Katze!«, krächzte Schubi Schlot und deutete mit seiner zerkratzten Hand auf Al Capone. »Rufen Sie doch die Katze zurück. Irgendwie habe ich das Gefühl, dass sie uns nicht mag. Mein Freund hat Angst vor Katzen. Und mich hat sie zweimal gekratzt!«

21

»Nein!«

»Doch!« Schubi streckte ihm seine Hand hin.

»Aber das ist ja...« Bodo suchte nach Worten. Er war erschüttert. So etwas war ihm noch nie mit Al Capone passiert. »Bitte sagen Sie mir Ihren Namen. Adi wird sich am Morgen sofort darum kümmern und Ihnen sicherlich die Hotelrechnung erlassen. Das macht er immer, wenn einem Gast so etwas Entsetzliches bei uns im *Parkhotel* passiert.«

»Mein Name ist Schu...«

Rhino Nasaletti rammte ihm wie zufällig den Ellbogen vor die Kniescheibe, bevor Schubi Schlot seinen Namen ganz aussprechen konnte. »Eine lächerliche Kleinigkeit«, sagte er lächelnd zu Bodo und warf seinem Komplizen einen warnenden Blick zu. »Wir sind an dem... Zwischenfall ja wohl nicht ganz unschuldig. Wir haben Ihren Kater im Dunkeln vermutlich erschreckt. Und was sind schon ein paar Kratzer... im Vergleich zu dem, was uns der Aufenthalt in diesem Hotel an Bereicherung gebracht hat, nicht wahr?«

»O ja, bereichernd!«, beteuerte Schubi und verkniff sich ein Grinsen.

»Aber wenn Sie nun bitte dafür sorgen würden, dass wir ohne weitere Kratzer vorbeikönnen, wären wir doch sehr erleichtert«, sagte Rhino Nasaletti.

»Ja, Sie können sich gar nicht vorstellen, *wie* erleichtert«, murmelte Schubi Schlot, dem mittlerweile aufgegangen war, was für einen unverzeihlichen Fehler er beinahe begangen hätte.

»Aber natürlich.« Bodo ging zu ihnen hinunter. »Komm her, Al Capone. Ich werde dich ins Zimmer einschließen. Für heute Nacht hast du genug Unruhe gestiftet!«

Er packte Al Capone, der sich immer noch nicht beruhigen wollte, und hielt ihn in seiner Armbeuge fest. »Noch eine angenehme Nachtruhe, die Herren«, verabschiedete er sich und brachte den Kater in sein Zimmer.

Die beiden Gangster hasteten die Treppe hinunter und waren in Windeseile auf dem Hinterhof.

»Himmel, Arsch und Zwirn, da sind wir aber messerscharf an ein paar Jahren Knast vorbeigerauscht!«, murmelte Rhino Nasaletti. »Das muss dieser Einfaltspinsel Bodo Brocken gewesen sein. Wäre einer der anderen aufgetaucht, hätten wir unsere alten Knastbrüder wieder gesehen.«

»Mann, was haben wir den Hohlkopf geleimt!«, prahlte Schubi Schlot und steckte sich eine Zigarette an.

»Ihr beide könntet Zwillinge sein.«

»Wieso?«, fragte der lange Lulatsch.

»Ihr könnt euch die Hände reichen, was eure Blödheit angeht. Fast hättest du uns noch verpfiffen!«

»Und was ist mit dem blöden Kater?«, konterte Schubi und paffte aufgeregt. »Du hast dir doch fast in die Hosen gemacht. Wenn ich das Lilo und Omelett erzähle, bist du bei ihnen unten durch, Schote!«

»Okay, okay«, lenkte der Gangster ein. »Ich behalte deinen hirnrissigen Patzer für mich und du hältst dein Maul über die Kleinigkeit mit dem Kater, abgemacht?«

Schubi Schlot verzog das Gesicht zu einem breiten Grinsen und zeigte dabei seine vom Kettenrauchen gelb verfärbten Zähne. »Na klar, Schote. Freunde wie wir müssen doch zusammenhalten. Vor allem gegen so 'ne affige Zicke wie die Lilo. Die hat 'ne Klappe wie 'n Breitmaulfrosch. Nee, freiwillig erzähl ich der noch nicht mal, was für 'ne Sockengröße ich hab, Mann. Also, auf den alten Schubi ist Verlass. Auf mich kannste bauen, Schote.«

Ja, wie auf Treibsand, dachte Rhino Nasaletti und sagte zu ihm: »Dann ist das ja geritzt, Kumpel. Und jetzt lass uns 'ne Düse machen. Wir haben den Goldesel im Beutel!« Er tätschelte die Aktentasche unter seinem Arm.

Schubi Schlot grinste. »Omelett wird vor lauter Unruhe schon sauer sein. Mensch, Schote, wir werden ganz groß rauskommen und wie die Maden im Speck leben!«

Alle Macht den Armleuchtern!

Baron Heiner von Hohenschlaufe fühlte sich prächtig in seinem neuen Anzug aus feinstem, taubengrauem Tuch. Sich seiner attraktiven Erscheinung nur allzu sehr bewusst, schlenderte er durch die Hotelhalle. In der Hand hielt er einen Spazierstock, dessen Messingknauf die Form eines Pferdekopfes hatte.

Vor einem der wandlangen Spiegel blieb Heiner, der ehemalige Hochstapler mit den grau melierten Haaren und den markanten Gesichtszügen, stehen. Wohlgefällig musterte er sein Abbild. Er war rundum mit sich zufrieden. Der gestärkte Kragen des blütenweißen Hemdes wies nicht eine einzige Falte auf und die mattseidene Fliege saß auf den Millimeter genau. Sein grauer Schnurrbart war gepflegt, wie man das von einer aristokratischen Persönlichkeit erwarten konnte.

Ja, wenn man ihn so sah und dann auch noch sprechen hörte, konnte man seiner Behauptung, von adliger Herkunft zu sein, fast Glauben schenken. Dabei war Heiner von Hohenschlaufe nur ein Baron von eigenen Gnaden.

Er schlenderte nun zur Rezeption. Tino Tran hatte Dienst und versuchte mal wieder Ordnung in das Durcheinander von Hotelrechnungen, Lieferscheinen und Vorbestellungen zu bekommen. Dass Al Capone darauf bestand, sich auf der Rezeption zwischen all den Papieren zu räkeln und mit der kleinen Tischglocke zu spielen, passte ihm offensichtlich gar nicht. Tino murmelte nämlich unablässig Verwünschungen vor sich hin, die mal dem verwöhnten Kater und mal dem Chaos in der Buchhaltung galten.

»Mich dünkt, dich irritieren gewisse Ungenauigkeiten in der Buchhaltung«, sprach der Baron seinen Freund an. Er liebte es, sich vornehm und gedrechselt auszudrücken.

»Wer düngt was?«, fragte Tino Tran verwirrt.

Der Baron wiederholte seine Frage.

»Von wegen Ungenauigkeiten«, ereiferte sich Tino sofort. »Wenn ich die Schlampereien, die ihr während eurer Dienstzeiten zu Stande bringt, nicht immer wieder mühselig korrigieren würde, wären wir schon längst Pleite gegangen.«

Indigniert hob der Baron die Augenbrauen. »Mir scheint, deine Neigung zu extrem pessimistischen Prognosen und übertriebenen Darstellungen hat bei dir mal wieder die Oberhand gewonnen, mein Lieber.«

»Du bist der Schlimmste von allen!« Tino deutete mit einem scharf gespitzten Bleistift auf ihn. »Wenn du hinter der Rezeption Dienst geschoben hast, stimmt in den Büchern vorn und hinten nichts mehr.«

»Mir drängt sich der betrübliche Eindruck auf, dass du heute trotz des herrlichen Spätsommertages in wenig leidlicher Stimmung bist«, sagte Heiner von Hohenschlaufe ausweichend. »Daher scheint es mir ratsam, diese unfruchtbare Diskussion nicht fortzuführen.«

»Immer wenn es dir an den Kragen geht, vernebelst du deinen schnellen Rückzug mit hochnäsiger Phrasendrescherei!«

Schallendes Gelächter aus dem Küchentrakt drang zu ihnen an die Rezeption.

Der Baron zupfte an seiner Fliege. »Darüber wird noch zu reden sein, Tino. Doch jetzt scheint es mir angebracht, dass ich bei Blacky in der Küche nach dem Rechten sehe.« Und er beeilte sich, dass er seinem peniblen, ordnungsliebenden Freund aus den Augen kam.

Als der Baron die Schwingtüren aufstieß und in die große Hotelküche trat, sah er Carlo Canaletti und Blacky. Beide krümmten sich vor Lachen und schlugen sich zwischendurch gegenseitig immer wieder auf den Rücken.

Blacky, der eigentlich Fred Pfanne hieß und seinen Spitznamen seiner Vorliebe für schwarze Kleidung verdankte, fasste sich zuerst, wischte sich die Tränen aus den Augen und sagte zum Baron: »Alle Achtung, du stehst aber gut im Strumpf!«

»Ich stehe was?«, fragte Heiner mit gerunzelter Stirn.

»Ich meinte, dass du dich mal wieder super-duperschick in Schale geworfen hast«, erklärte das ehemalige Ass der Hehlerbranche und begann wieder zu lachen.

»Ja, picobello aus dem Ei gepellt, Mylord«, pflichtete Fassaden-Carlo ihm bei und stimmte in das Gelächter ein. Carlo war ein bohnenstangenlanger, handtuchschmaler Bursche. Noch immer kursierten in Einbre-

27

cherkreisen scheinbar unglaubliche Geschichten über den früheren berühmt-berüchtigten Fassadenkletterer. Carlo konnte an spiegelglatten Hausfassaden hochklettern, wie andere Leute Treppen steigen.

»Hättet ihr vielleicht die Güte, mich über den Grund eurer überschäumenden Heiterkeit zu unterrichten?«, bat der Baron.

»Blacky ... hat ... einen irren ... Witz ... erzählt«, sagte Carlo lachend. »Komm, erzähl ihn unserem Baron, Blacky. Junge, Junge, es ist der totale Antiwitz. Wenn du den hörst, springt dir vor Lachen die Fliege von deiner Halskrause, Heiner!«

»Ein Antiwitz?«, fragte der Baron. »Interessant. Ich bin ganz Ohr.«

Blacky zog ein Taschentuch heraus und fuhr sich über das tränenfeuchte Gesicht. »Also, der Witz geht folgendermaßen: Sitzen zwei Kühe auf der Wiese und stricken Milch ...«

»Zwei Kühe, die auf der Wiese sitzen und Milch stricken«, wiederholte Fassaden-Carlo mit normaler Stimme, konnte sich dann doch nicht beherrschen und brüllte laut los.

»Ist das schon alles?«, fragte Heiner unwillig, denn er fühlte sich von seinen Freunden auf den Arm genommen.

Blacky schnäuzte sich. Lachtränen glänzten in seinen Augen. »Nein, nein. Das war ja nur der Anfang ... also: Sitzen zwei Kühe auf der Wiese und stricken Milch. Da fliegt plötzlich ein Jogurt vorbei ...«

Carlo bekam erneut einen Lachanfall.

»So, es fliegt also ein Jogurt vorbei«, sagte der Baron, als zweifle er an ihrer Zurechnungsfähigkeit.

Blacky nickte und fuhr mühsam beherrscht fort: »Da fragt die eine Kuh: ›Was das wohl zu bedeuten hat?‹«

»Ja, das zu erfahren, würde auch mich interessieren«, murmelte Heiner von Hohenschlaufe.

Tränen liefen Blacky über das Gesicht. Er konnte kaum noch zusammenhängend sprechen. »Darauf ... antwortet ... die ... andere ... Kuh: ›Na ist ... doch klar! Nämlich ... dass ... Bananen ... keine Gräten haben!‹«

Nun war es vorbei mit seiner Beherrschung und er ließ seinem Gelächter freien Lauf.

»Ist ... das ... nicht ... der absolute Hammer?«, fragte Carlo und lehnte sich erschöpft vom Lachen und mit schmerzenden Gesichtsmuskeln an die Küchenanrichte.

»Tut mir Leid, aber der humorvolle Kern dieses angeblichen Witzes hat sich mir nicht erschlossen!«

Blacky tupfte sich die Tränen vom Gesicht. »Heiner, das war auch ein Witz für Anspruchsvolle. Oder anders ausgedrückt: Nieder mit den Glühbirnen und alle Macht den Armleuchtern!«

Carlo kriegte sich nicht wieder ein.

Heiner von Hohenschlaufe drückte das Kreuz durch und setzte eine blasierte Miene auf. »Ein wahrhaft revolutionäres Motto, das euch zweifellos bei der Einschätzung der eigenen Person eingefallen sein dürfte.«

Er drehte sich auf dem Absatz um und wollte aus der Küche gehen. In dem Moment stieß Kommissar Nagel, wegen seines glänzenden Glatzkopfes auch Kommissar

Klicker genannt, die Tür auf. Fast wäre der Baron mit ihm zusammengestoßen.

»Oh, der Herr Kommissar! Ich bitte mein ungestümes Verhalten zu entschuldigen und es meinem dringenden Wunsch zuzuschreiben, mich in Gesellschaft von weniger niveaulosen Zeitgenossen zu begeben, als Blacky und Carlo es sind.«

»Falls Sie irgendeine Verabredung haben, vergessen Sie sie, Baron«, sagte der Kommissar grimmig.

»Ich nehme an, Sie haben für diesen Wunsch einen triftigen Grund«, sagte Heiner von Hohenschlaufe unangenehm überrascht.

»Ja, den habe ich«, bestätigte Klicker mit düsterer Miene. »Kommt mit. Adi ist mit Tino schon oben im Wohnzimmer. Ich habe euch ein paar unangenehme Fragen zu stellen … und ich hoffe ihr habt darauf die richtigen Antworten!«

Kommissar Klicker hatte sie früher, als sie noch Ganoven gewesen waren, hinter Schloss und Riegel zu bringen versucht. Es war ihm jedoch nicht gelungen, was Adis Gerissenheit zuzuschreiben war. Doch diese Zeit gehörte längst der Vergangenheit an. Sie waren ehrlich geworden, hatten Klicker von ihren rechtschaffenen Absichten überzeugt und ihn schließlich zum Freund gewonnen. Seitdem hatten ihm die sechs vom *Parkhotel* immer wieder geholfen, besonders schwierige Fälle zu lösen oder Verbrechen zu verhindern. Seine knurrige Begrüßung, die so gar nicht seiner Art entsprach, wirkte daher wie ein Alarmsignal. Es lag auf der Hand, dass etwas Außergewöhnliches vorgefallen war. Und zwar etwas außergewöhnlich Unerfreuliches!

»Worum handelt es sich denn?«, fragte Blacky ernst.

»Um Tino Tran«, sagte Klicker mit sichtlichem Widerstreben. »Wenn ich mich buchstabengetreu an die Vorschriften halten würde, müsste ich ihn auf der Stelle verhaften lassen!«

Das Tino-Tran-China-Symptom

Adi Ehrlich, der unangefochtene Boss der ehemaligen Gaunerclique, war ein gedrungener Mann mit buschigen Augenbrauen, klaren, wachsamen Augen und einem scharfen Verstand. Nicht von ungefähr hatte man ihn früher in den Kreisen der Unterwelt und der Polizei respektvoll »Adi der Trickser« genannt.

Er schloss nun die Wohnzimmertür hinter Blacky und warf dem Kommissar einen schnellen, prüfenden Blick zu. Klicker hatte sich nicht einmal die Zeit genommen, seinen alten, zerknautschten Trenchcoat auszuziehen. Und er kaute unruhig auf einer kalten Zigarre. Wer ihn kannte, wusste, dass das kein gutes Zeichen war.

»Wir sind vollzählig. Fangen Sie an, Kommissar.«

Der Kommissar nickte wortlos, ging zu Tino Tran, der auf der Couch saß, und zog einen 10-Mark-Schein aus der Manteltasche. »Ich möchte dein Expertenurteil. Also schau ihn dir gut an, Tino!«

Tino Tran nahm den Geldschein entgegen und hielt ihn gegen das Licht. »Erstklassiges Papier, sogar der eingelassene Prüffaden und das Wasserzeichen sind vorhanden. Vermutlich also echtes Notenpapier der Deutschen Bundesbank«, murmelte er, während er das Papier zwischen Daumen und Zeigefinger rieb, und

fügte kopfschüttelnd hinzu: »Eine Schande, so ein Papier für lumpige 10-Mark-Scheine zu benutzen. Falsche Hunderter hätte man damit drucken sollen und neun von zehn Bankkassierern hätten anstandslos einen Koffer voll mit diesen Blüten angenommen.«

»Bleib bei dem Zehner!«, forderte Klicker ihn auf und ließ ihn nicht eine Sekunde aus den Augen. »Was fällt dir sonst noch auf?«

»Eine phantastische Fälschung. Der Bursche hätte bei mir seine Prüfung als Meisterfälscher machen können«, erklärte Tino. Dann stutzte er. Schlagartig wich das Blut aus seinem Gesicht. Ungläubig starrte er auf den Geldschein, öffnete den Mund, brachte aber keinen Ton heraus.

»Das bezweifle ich. Die Druckplatten für diese Blüten kommen vom Fälscherkönig Tino Tran höchstpersönlich«, verkündete Kommissar Klicker und seine innere Anspannung löste sich ein wenig. Tinos Fassungslosigkeit war nicht gespielt und bewies, dass er mit diesen Blüten nichts zu tun hatte – zumindest nicht wissentlich.

»Unmöglich!«, rief Blacky. »Für Tino lege ich meine Hand ins Feuer! Er ist bestimmt nicht rückfällig geworden, Kommissar.«

»Ich schließe mich Blackys Meinung uneingeschränkt an«, sagte der Baron. »Was immer man Tino an Charakterschwächen vorwerfen mag, zu denen sicherlich übersteigerte Pfennigfuchserei und krankhafte Ordnungssucht zählen, Unehrenhaftigkeit gehört nicht dazu. Ich weigere mich zu glauben, dass Tino sein Wort gebrochen und nun doch wieder heimlich mit der Herstellung von Druckplatten begonnen hat.«

Adi nickte. »Er hätte es vor uns auch gar nicht geheim halten können.«

»Außerdem wäre Tino doch nicht so hirnrissig, lausige Zehner zu fälschen«, warf Carlo erregt ein. »Er war auf astreine Hunderter spezialisiert und hatte auch mal eine phantastische Tausenderserie aufgelegt. Glauben Sie, ein Könner wie er hätte sich mit schäbigem Kleingeld begnügt, wo er doch ganz locker die große Kohle einfahren könnte?«

Tino Tran schwieg noch immer.

»Und doch sind die Druckvorlagen für diese falschen Zehner von Tino«, entgegnete der Kommissar. »Das ist eindeutig.«

»Woran erkennen Sie das?«, wollte Blacky wissen.

»An dem *Tino-Tran-China-Symptom.*«

»Dass Tino schon mal in China war, hat mir bisher noch keiner erzählt«, warf Bodo der Bomber vorwurfsvoll ein.

»Das war er auch nicht«, beruhigte Klicker ihn. »Unter dieser Bezeichnung wird in den Lehrbüchern der Polizei Tinos einzige Schwäche geführt. Tino hatte nämlich die Tendenz, den auf den Geldscheinen abgebildeten Männern und Frauen leichte Schlitzaugen zu verpassen. Dieses Merkmal ging eben als das *Tino-Tran-China-Symptom* in die Geschichte der Fälscher ein.«

Tino putzte nervös seine blitzsauberen Brillengläser.

»Und noch etwas beweist, dass die Scheine von Tino stammen.« Kommissar Klicker nahm den Schein und deutete auf die acht klein gedruckten Zeilen in der oberen rechten Ecke. »Jeder Geldschein trägt einen Text, der da lautet: *Wer Banknoten nachmacht oder ver-*

35

*fälscht oder nachgemachte oder verfälschte sich ver-
schafft und in Verkehr bringt, wird mit Freiheitsstrafe
nicht unter zwei Jahren bestraft.*«

»Das habe ich noch nie gelesen«, sagte Bodo überrascht.

»Niemand macht sich die Mühe, diese Strafandro-
hung auf jedem Geldschein zu lesen, zumal sie ja in un-
heimlich kleiner Schrift ist«, fuhr Kommissar Klicker
fort. »Doch man wäre gut beraten, wenn man es sich zur
Angewohnheit machte. Denn unter Umständen kann
man auf einen Schein stoßen, der einen leicht veränder-
ten Text aufweist, nämlich Folgendes: *Wer Banknoten
türkt oder verfälscht oder sich Blüten verschafft und sie
anderen unter die Weste jubelt, hat gute Chancen, für
mindestens zwei Jahre im Knast zu landen und Gitter-
kunde zu studieren.* Und das ist der Text, mit dem Tino
stets seine Blüten versehen hat.«

Tino Tran lächelte gequält. »Nun ja, ich fand den Text
der Deutschen Bundesbank einfach zu steif ...«

»Dann stammt dieser falsche Zehner also doch aus
deiner Werkstatt?«, fragte Adi scharf.

»Ja ... das heißt nein. Ich ... ich habe die Platten für
diesen Zehner schon vor über zehn Jahren angefertigt«,
sprudelte Tino nun hervor, als er die verstörten Blicke
seiner Freunde auf sich gerichtet sah. »Es ... es war aber
nur eine Fingerübung, um warm und wieder mit der
Materie vertraut zu werden. Ich hatte damals zwei Jahre
pausiert und von meinen stillen Reserven gelebt. Na ja,
ich habe diese Druckplatten also gemacht, sie aber nie
benutzt. Damals stand der Dollar so günstig und da habe
ich eben den weltweiten Bestand an amerikanischen

20-Dollar-Noten um eine wirklich verhältnismäßig lächerliche Menge … äh … angereichert.«

»Und was ist aus den Zehnerdruckplatten geworden? Hast du sie eingeschmolzen?«, wollte Klicker wissen, der bei der Erwähnung der Dollarblüten das Gesicht verzogen und abwehrend die Hände ausgestreckt hatte, als wollte er sagen: Von den Blüten will ich nichts gehört haben!

Tino wich seinem Blick aus. »Nein, ich hab sie damals völlig vergessen. Als wir dann hier ins *Parkhotel* zogen und ich meinen Kram sichtete, fand ich sie wieder. Ich … ich konnte mich davon einfach nicht trennen, Kommissar. Es war für mich ein Erinnerungsstück wie ein altes Familienfoto. Und so habe ich sie behalten. Sie liegen gut versteckt im Panzerschrank bei mir im Zimmer.«

»Heiliges Kanonenrohr!« Carlo stöhnte. »Du meinst wohl, da *lagen* sie mal. Oder glaubst du, die Mainzelmännchen würden nachts in den Panzerschrank steigen und diese Zehnerblüten zaubern, he?«

Tino sprang auf. »Ja, aber …« Er brach ab und rannte aus dem Zimmer, um sich mit eigenen Augen vom Fehlen der Druckplatten zu überzeugen.

Der Baron hüstelte. »Bei aller Freundschaft und gebotener Fairness sehe ich mich zu der Feststellung gezwungen, dass die Liste von Tinos Charakterschwächen einer Ergänzung bedarf – und zwar um die der zeitweilig auftretenden sentimentalen Idiotie, wenn mir dies wenig schmeichlerische Wort erlaubt ist.«

37

»Ich würde dir nie etwas verbieten«, sagte Bodo, der mal wieder nur Bahnhof verstanden hatte.

»Wie ungemein beruhigend, das zu wissen, Bodo«, näselte der Baron.

Mit einem schweren Seufzer ließ Klicker sich nun in einen Sessel fallen. »Er hätte sich den Gang sparen können. Die Platten sind mit Sicherheit nicht mehr in seinem nostalgischen Panzerschrank ...«

»... dessen Schlösser zudem nicht mehr funktionieren«, murmelte Carlo kopfschüttelnd. »Junge, Junge, da hat er uns ja was eingebrockt.«

»Wann und wo sind diese Blüten aufgetaucht?«, wollte Adi wissen.

»Die Spuren lassen sich bis in ein großes Einkaufszentrum von Steinenbrück und zwei Kneipen verfolgen«, berichtete der Kommissar. »Aber darüber hinaus haben wir keine weiteren Informationen. Niemand kann sich daran erinnern, wer ihm diesen Zehner in die Hand gedrückt hat. Und das ist der Vorteil eines falschen Zehners gegenüber einer Hunderterblüte. Niemand schaut sich einen Zehner näher an, sodass schon mittelgute Fälschungen leicht unter die Leute zu bringen sind ... ganz zu schweigen von Tinos Edelblüten. Wobei wir wieder beim Thema sind, Adi. Es tut mir wirklich Leid, aber ich werde gezwungen sein ...«

»... Tino zu verhaften, falls es uns nicht gelingt herauszufinden, wer wo mit seinen Druckplatten Falschgeld herstellt«, vollendete Adi den Satz für ihn und nickte nachdrücklich. »Ich weiß, Kommissar.«

Klicker zuckte bedauernd mit den Achseln.»Die Blüten tragen nun mal Tinos Handschrift. Und dass ich persönlich von seiner ... na ja, sagen wir mal, Unschuld überzeugt bin, wird ihm nicht viel helfen.«

»Wie viel Zeit haben wir?«, fragte Blacky besorgt.

»Zwei, drei Tage ... wenn wir Glück haben und nicht plötzlich größere Mengen von diesen Zehnern in Umlauf gebracht werden«, antwortete Klicker. »Bisher sind es nur vier.«

Tino Tran kehrte zurück. Sein Gesichtsausdruck sagte alles. »Verschwunden! ... Weg! ... Spurlos verschwunden!«, krächzte er und wankte zur Couch.

»Druckplatten verschwinden niemals spurlos«, widersprach Blacky energisch, erhob sich und ging zur Tischbar. Während er sieben Gläser fingerbreit mit bestem Kognak füllte, redete er weiter: »Keiner von uns hat von den Platten gewusst. Auf den ersten Blick hast du dein Geheimnis gut gehütet. Doch irgendjemand muss dennoch davon gewusst haben. Und es ist jetzt deine Aufgabe, Tino, dir wieder einfallen zu lassen, wer alles von den Druckplatten im Panzerschrank gewusst hat ... und wie sie daraus verschwinden konnten.« Er reichte jedem ein Glas. »Prost und eine saftige Portion Glück uns allen!«

»Niemand hat davon gewusst«, beteuerte Tino.

»Quatsch doch nicht wie ein Gehirnamputierter daher«, sagte Carlo ungehalten. »Irgendjemand *muss* davon erfahren haben, sonst hätte man sie ja schlecht klauen können, oder? Also mach deiner lahmen Erinnerung gefälligst Beine. Immerhin geht es hier um deinen Hals!«

»Hals? Wieso?«, fragte Bodo verwirrt. »Ich dachte, es ginge um Blüten und so?«

»In diesem Fall ist das ein und dasselbe«, brummte Adi.

»Das muss mir einer erklären«, sagte Bodo begriffsstutzig.

»Ja, später«, versicherte Adi nachsichtig.

»Und kapieren tut er es dann im Schaltjahr darauf«, murmelte Heiner von Hohenschlaufe.

»Was ist nun, Tino?«, fragte Blacky ungeduldig und tippte sich gegen die Stirn. »Sag bloß, da oben ist Funkstille. Dann können auch wir nicht helfen. Ohne einen Tipp läuft da nichts.«

Tino zermarterte sich das Hirn. Vergebens. Er sah ganz verzweifelt aus.

»Kannst du nicht mal aufhören, an deinem affigen Spazierstock herumzufummeln?«, fragte Carlo den Baron gereizt, als die Stimmung im Raum immer gedrückter wurde.

»Deine verunglückte Wortwahl lässt die Vermutung zu...«, setzte Heiner zu einer geschraubten Antwort an.

Doch in dem Moment stieß Tino Tran einen unterdrückten Schrei aus, der den Baron augenblicklich zum Verstummen brachte.

»Ist dir was eingefallen?«, fragte Adi hoffnungsvoll.

»Fummeln... Fuzzi der Fummler!«, keuchte Tino,

schloss die Augen und schlug sich mit der flachen Hand vor die Stirn. »O Gott, ich muss es ausgeplaudert haben, ohne es richtig gemerkt zu haben.«

»Wer ist Fuzzi der Fummler?«, fragte der Kommissar.

Tino stöhnte und riss sich dann zusammen. »Ein bärtiger Bursche, der seine Hände nie ruhig halten kann und immer irgendetwas zum Fummeln haben muss. Seinen richtigen Namen kenne ich nicht. Vor drei, vier Wochen ist er mir zufällig über den Weg gelaufen. Ganz früher haben wir mal … Geschäfte zusammen abgewickelt. Das ist aber schon eine Ewigkeit her. Er wollte mit mir über die alten Zeiten plaudern und überredete mich dazu, mit ihm in die nächste Kneipe zu gehen.«

»War das der Nachmittag, als du beschwipst ins Hotel zurückgekommen bist und die Zierpalme neben der Rezeption umarmt hast?«, fragte Carlo spöttisch.

Tino nickte. »Ich vertrag nun mal keinen Alkohol, aber Fuzzi hat eine Runde nach der anderen bestellt.«

»Und bei diesem Plauderstündchen über die gute alte Zeit hast du ihm von den Druckplatten im Panzerschrank erzählt«, folgerte der Kommissar.

Tino blickte zerknirscht drein. »Ja, ich glaube schon. Aber so genau erinnere ich mich nicht mehr daran. Ich weiß nur noch, dass Fuzzi der Fummler mit mir über die Qualitäten der Panzerschränke von *Blech & Bruch* gefachsimpelt hat.«

»Ich denke, das genügt«, meinte Adi. »Weißt du, was dieser Fuzzi so treibt und wo wir ihn finden können?«

»Ja, er hat mir erzählt, dass er in einer alten Villa drüben in Steinenbrück-Nord ein Bodybuildingstudio be-

treibt und auch im selben Haus wohnt«, erinnerte sich Tino. »Sein Studio hat einen ganz blödsinnigen Namen: *Tarzans Trainingslager* oder so.«

»Das ist ja wenigstens schon mal etwas für den Anfang«, sagte Carlo erleichtert. »Ich habe wieder Hoffnung für dich, Tino.«

»Na, prächtig!«, rief Adi und in seinen Augen stand ein gefährliches Funkeln. »Schauen wir uns dieses Trainingslager doch mal an. Vielleicht haben wir Glück und können diesem Fuzzi noch was beibringen.«

Sein Vorschlag fand bei seinen Freunden begeisterte Zustimmung.

»Dem heizen wir so ein, dass er hinterher einmal um Grönland schwimmen kann, ohne dabei zu erfrieren!«, nahm Carlo sich vor.

Besuch bei den Muskelmännern

»Wir hätten uns schon die Zeit nehmen sollen, den Wagen wenigstens halbwegs leer zu räumen«, beschwerte sich Carlo, als Adi den hoteleigenen VW-Bus in eine scharfe Kurve zog und er mit Blacky und Tino zwischen die Lebensmittelkisten und Kartons mit Haushaltswaren stürzte. Der VW-Bus war ihr Lieferwagen und Adi hatte tags zuvor die hintere Sitzbank ausgebaut, um mehr Ladefläche zu haben.

Heiner von Hohenschlaufe, der sich mit Bodo und Adi die Fahrerbank teilte, schüttelte verständnislos den Kopf. »Von dir hätte ich mehr Gleichgewichtssinn erwartet, Fassaden-Carlo. Dass dich jetzt schon eine zügige Autofahrt umwirft, lässt auf erschreckende Konditionsmängel schließen, mein Freund. Vielleicht solltest du dich gleich um die Mitgliedschaft in diesem Fitnessclub bewerben.«

»Du hast sie wohl nicht mehr alle unter dem Pony, Heiner! Von wegen zügig! Adi brettert mit einem derartigen Affentempo durch die Stadt, als hätte er Angst, sein eigenes Begräbnis zu verpassen!«, erregte sich Carlo.

»Zumindest fühlt es sich hier hinten so an«, pflichtete Blacky ihm bei und richtete sich stöhnend zwischen zwei Kisten Waschpulver und einem Karton Mottenkugeln und Mausefallen auf; Letzterer war bei seinem Sturz aufgeplatzt und hatte seinen Inhalt über ihn verstreut.

»Und mit solch wehleidigen Zeitgenossen soll man große Aufgaben lösen«, tönte der Baron.

»Wenn du deinen Spruch komisch findest, solltest du dich schon mal um einen Platz im Heim für senile Laberköpfe bemühen«, knurrte Blacky.

»Warum tauschen wir nicht die Plätze, Baron?«, schlug Carlo vor.

»Nichts liegt mir ferner, als euch beschämen zu wollen«, lehnte der Baron den Vorschlag geschickt ab.

»Nun regt euch mal alle ab«, griff Adi besänftigend ein, fuhr langsamer und lenkte den VW-Bus auf den Parkstreifen. Kommissar Klicker, der ihnen in seinem Privatwagen gefolgt war, parkte hinter dem Kleintransporter. »Wir sind ja schon da. Das Bodybuildingstudio muss da drüben in der Querstraße sein, wenn die Adresse im Telefonbuch stimmt.«

»Hoffentlich ist der Vogel noch nicht ausgeflogen«, sagte Blacky besorgt.

Sie stiegen aus. Kommissar Klicker machte einen unruhigen Eindruck. »Eigentlich dürfte ich es ja gar nicht zulassen, dass ihr da hineinmarschiert und euch den Besitzer vorknöpfen wollt.«

Adi hob die Augenbrauen. »Haben Sie einen besseren Vorschlag, Kommissar? Wenn Sie Fuzzi zum Verhör abholen lassen, werden Sie nichts aus ihm herausbekommen. Aber wenn wir mit ihm ein Plauderstündchen veranstalten, stehen die Chancen erheblich besser.«

Klicker stimmte ihm zu. »Aber was ihr da vorhabt, kann böse Folgen für euch haben. Ein Bodybuildingstudio ist bestimmt kein Treffpunkt für schwächliche Chorknaben.«

»Zum Glück nicht«, sagte Blacky selbstbewusst. »Denn das Lied, das wir da drinnen anstimmen werden, wird kaum etwas für Liebhaber harmonischer Klänge sein!«

»Passt auf und backt besser kleine Brötchen, als dass ihr in eine ausweglose Lage geratet!«, beschwor Klicker sie.

Die sechs Freunde überquerten die Fahrbahn und bogen auf der anderen Seite in die Nebenstraße ein. Das Bodybuildingstudio war in einer großen, ehemaligen Fabrikantenvilla untergebracht. Das zweistöckige, allein stehende Haus lag ein wenig von der Straße zurückversetzt. Der große Garten, von einem schmiedeeisernen Gitter umzäunt, machte denselben ungepflegten Eindruck wie die ehemals wohl stattliche Villa. Die Fenster der unteren Etage trugen von innen einen weißen Anstrich. Der Putz bröckelte an vielen Stellen von der Hausfassade. Verblichen war die Aufschrift des Schildes über dem Eingang: *Tarzans Trainingslager – Bodybuildingstudio.*

»Nach einer Goldgrube sieht der Schuppen nun nicht gerade aus«, bemerkte Blacky, als sie über den Gartenweg auf den Eingang zugingen.

Vor der Tür blieb Adi stehen und sagte leise zu Bodo: »Du musst jetzt schwer auf Zack sein, Bodo. Kann sein,

45

dass wir es mit ein paar Muskelmännern zu tun bekommen, denen es nichts ausmachen würde, uns ungespitzt in den Boden zu rammen. Wir verlassen uns darauf, dass du uns etwas Luft verschaffst, wenn es rundgeht, okay?«

Bodo strahlte und nickte heftig. »Klar doch, Adi.«

Adi holte tief Luft. »Na dann, rein in die gute Stube!« Er zog die Tür auf und ging voran.

Die große Eingangsdiele der Villa war zu einer Art Clubrezeption umfunktioniert worden. Es gab eine abgewetzte Sitzecke neben einem alten Getränkeautomaten sowie ein paar Regale mit Geräten, Hanteln und Expandern, wie sie für das Krafttraining benutzt wurden. Doch vieles davon war eingestaubt. Überall an den Wänden hingen riesige Poster von eindrucksvollen Muskelprotzen in knappen Badehosen. Die Männer auf den Bildern verrenkten sich zu unglaublichen Posen, um ihre Muskelpakete zur Schau zu stellen.

Der Mann hinter dem verkratzten Schreibtisch, den sogar das Wohlfahrtsamt zum Sperrmüll gestellt hätte, hatte wenig Ähnlichkeit mit den strahlenden Bodybuildern auf den Postern: ein hageres Bürschchen, Anfang zwanzig, mit kräftiger Akne im sonst blassen Gesicht.

»Ja, bitte?«, fragte er und blickte unsicher von einem zum anderen. Er ahnte wohl, dass er es nicht mit normalen Kunden zu tun hatte. Denn einige von ihnen sahen so aus, als wären sie ausgesprochen schlechter Stimmung.

»Wo steckt Fuzzi der Fummler?«, fragte Adi.

»Wer?« Der Mann stellte sich dumm, um Zeit zu gewinnen.

Adis rechte Hand schoss blitzschnell vor, packte den jungen Burschen am Hemd und zog ihn mit einem Ruck über den Schreibtisch. »Wie heißt du, mein Sohn?«

»Go-Go-Gotthelf Ku-Ku-Kummer«, stotterte der.

Adi lächelte. »Schau an, Gotthelf Kummer. Du bist auf dem besten Weg, deinem Nachnamen alle Ehre zu machen, mein Freund!«

Gotthelf schluckte schwer. »Ein Missverständnis!«, beteuerte er hastig. »Es war ein Missverständnis. So lassen Sie mich doch bitte los!«

Adi stieß ihn wieder zurück, sodass er in seinen Schreibtischstuhl fiel. »Also, ist dir nun eine Antwort auf meine Frage eingefallen?«

»Ich werde ausfindig machen, wo Fuzzi steckt«, versicherte Gotthelf eifrig und griff nach dem Telefonhörer.

Der Spazierstock des Barons sauste blitzschnell durch die Luft und nagelte Gotthelfs Hand mit dem Telefonhörer sozusagen auf der Tischplatte fest. »Mir scheint der Vorwurf angebracht, dass du doch sehr leichtfertig mit deiner Gesundheit spielst!«

Gotthelf starrte ihn erschrocken und verständnislos an. »Was? ... Ja, aber ...«

Carlo erklärte spöttisch: »Mein Freund will damit ausdrücken, dass wir geistig nicht unterbelichtet sind ...«

47

»... und dass du dir keine wunden Finger an der Drehorgel kurbeln sollst«, fügte Blacky hinzu. »Sonst fängst du dir nämlich akutes Ohrensausen ein, kapiert?«

Carlo lächelte. »Du willst deinem Boss doch nicht die Freude der Überraschung nehmen, indem du ihn per Telefon vorwarnst, oder? Er könnte das in den falschen Hals bekommen und sich absetzen, weil er vielleicht meint, unserem sprichwörtlich entwaffnenden Charme nicht gewachsen zu sein. Und das wäre doch einfach zu bedauerlich.«

Adi griff zur Schere, die vor ihm lag, und durchtrennte das Telefonkabel. »Setz die Kosten für ein neues Kabel auf unsere Rechnung, Kummerbruder. Und sag jetzt endlich, wo Fuzzi der Fummler steckt und mit wem wir noch zu rechnen haben.«

»Er muss im hinteren Trainingsraum sein«, murmelte Gotthelf Kummer völlig eingeschüchtert.

»Allein?«, fragte Adi scharf.

»Nein, es sind vier, fünf Kunden da ... und ein paar Freunde von Fuzzi ...«

»Wie viele?«

»Vier ... Piko, Keule, Rambo und Wumme.«

Der Baron rümpfte die Nase. »Namen, die mich nicht gerade hoffnungsvoll stimmen«, sagte er leise zu Blacky.

»Auf Muskeln allein kommt es zum Glück nicht immer an«, erwiderte dieser achselzuckend.

»Okay, Kümmerling«, sagte Adi zu dem Pickelgesicht und markierte den skrupellosen Gangster. »Du bleibst hier schön am Stuhl kleben und vertreibst dir die Zeit mit sinnvoller Arbeit. Wiege meinetwegen jede Büroklammer einzeln ab oder lern das Telefonbuch auswendig – das bildet. Rühr dich auf jeden Fall nicht von der Stelle ... es sei denn, du bist scharf darauf, die Welt unterhalb der Grasnarbe kennen zu lernen.«

»Ich tu ... ich tu nichts ... gar nichts«, brachte Gotthelf nur mit Mühe und Not hervor. »Da-für werde ich n-nicht b-bezahlt.«

Die Mausefalle schnappt zu

»Es ist doch immer wieder ein herzerwärmendes Erlebnis, wenn man Zeuge wird, wie auch bei geistig trägen Mitmenschen dann und wann die Stimme der Vernunft obsiegt«, bemerkte der Baron selbstzufrieden, als sie nun die Trainingsräume betraten.

»Dass Adi dem Kümmerling ein bisschen auf die Sprünge geholfen hat, dürfte dabei keine unwesentliche Rolle gespielt haben«, spottete Blacky.

Carlo griente. »Ein harter Kontrabass muss nur weich gegeigt werden, dann entlockt man ihm auch freundliche Töne.«

»Na, für einen Kontrabass ist Gotthelf Kummer wohl ein paar Nummern zu mickrig«, meinte Tino Tran. »Der spielt hier bestenfalls die fünfte Bratsche. Der schwere Kontrabass steht uns erst noch bevor… und zwar gleich in vierfacher Ausfertigung.«

»Ach, wir werden schon den richtigen Takt vorgeben«, sagte Carlo zuversichtlich. »Und wie gesagt, an die schweren Ottos müsst ihr nur locker und gefühlvoll rangehen. Wäre doch gelacht, wenn wir Fuzzi den Fummler nicht dazu bringen, uns eine freundliche Arie über Herbstblüten vorzuträllern.«

Adi schmunzelte, wurde aber sofort wieder ernst.

Im ersten Raum mühten sich drei junge Burschen an diversen Kraftmaschinen ab. Gleichgültig blickten sie zu ihnen herüber und machten dann weiter. Sie waren offensichtlich nur an ihrer Körperertüchtigung interessiert.

Durch einen breiten Rundbogen ging es in den zweiten Fitnessraum, der sehr groß war. Fuzzi hatte wohl mehrere Wände herausreißen lassen, um Platz für einen kleinen Boxring, zwei von der Decke hängende Sandsäcke, eine Trampolinecke und mehrere Kraftmaschinen und Bänke zum Gewichtheben zu schaffen.

Zwei muskelbepackte Kerle in glitzernden Boxershorts tänzelten durch den Ring und lieferten sich einen harten Kampf. Angefeuert wurden sie von zwei weiteren Kraftprotzen in Trainingsanzügen aus aufdringlich glänzendem Stoff – und einem kleinen, pummeligen Mann mit einem wilden Vollbart.

»Na los, zeig's ihm, Rambo!«, brüllte der Muskelprotz im metallicblauen Trainingsanzug dem Boxer mit der platt gedrückten Nase zu.

Sein Freund im rosaroten Trainingsanzug stieß ihn an. »Was ist, Keule? Erhöhst du deine Wette? Wumme legt Rambo in der nächsten Runde auf die Matte.«

»Deckung! Mehr Deckung!«, brüllte der kleine Bärtige und fuchtelte mit einer Zigarre aufgeregt durch die Luft.

51

»Das ist er!«, rief Tino Tran und deutete auf ihn. »Das ist Fuzzi der Fummler!«

Die Männer am Ring wurden nun auf sie aufmerksam. Auch Rambo, der Kerl mit der platt gewalzten Nase, schaute zu ihnen herüber. Sein Boxpartner konnte der Versuchung wohl nicht widerstehen, diese Unaufmerksamkeit zu nutzen. Denn er verpasste Rambo einen Schwinger, der ihn der Länge nach auf die Ringmatte schleuderte.

Fuzzi der Fummler erschrak, als er Tino Tran in Begleitung seiner Freunde sah. Er wusste sofort, was die Stunde geschlagen hatte. »Es gibt Stunk, Jungs!«, zischte er seinen Freunden aus der Zunft der Rausschmeißer zu. »Verpasst ihnen eine Abreibung, die sie so schnell nicht vergessen, und setzt sie an die frische Luft.«

Piko grinste breit. »Mit dem größten Vergnügen, Fuzzi. Fingen auch schon an, uns zu langweilen, was, Keule?«

Keule, der Schläger mit dem Quadratschädel, verzog die Mundwinkel geringschätzig. »Diese Witzfiguren aus den Pantoffeln zu heben, ist doch keine Aufgabe für uns vier, Alter. Die putz ich doch im Alleingang von der Platte.«

»Ich wette hundert Flocken, dass du es allein nicht unter fünf Minuten schaffst!«, forderte Keule ihn heraus. »Vom ersten Schlag an gerechnet.«

»Die Wette gilt, Alter«, sagte Keule gedehnt, stieß sich vom Ring ab und ging auf die Adi-Clique zu.

Heiner von Hohenschlaufe, der im ersten Trainingsraum zurückgeblieben war, eilte nun zu seinen Freun-

52

den und drängte sich zu Adi vor. »Tu mir den Gefallen und überlass mir diesen Burschen!«, raunte er ihm zu.

»Bist du verrückt?«, flüsterte Adi. »Der zerpflückt dich in der Luft. Einhändig und mit verbundenen Augen!«

»Lass mich nur machen!«

»Okay, ganz wie du willst.« Adi trat etwas zurück.

Keule bewegte sich so schwerfällig, als könnte er vor konzentrierter Kraft kaum ein Bein vor das andere setzen. Er hielt die Arme leicht angewinkelt. Seine Pose wirkte so prahlerisch und aufgesetzt, als hätte man ihn verpflichtet, in einem billigen Westernfilm die Rolle des unschlagbaren Revolvermannes zu spielen.

Nur lief hier kein Film ab. Und wie aufgeblasen er auch daherspaziert kam, Keule war ein gefährlicher Schläger, der den Baron vermutlich mit einem einzigen Faustschlag niederstrecken konnte.

Nur einen halben Schritt vor dem Baron blieb er stehen, ließ seinen gewaltigen Brustkorb anschwellen und reckte das Kinn vor.

»Wollen Sie mit mir tanzen?«, fragte Heiner, scheinbar völlig unbeeindruckt von der drohenden Haltung seines Gegenübers.

Keule furchte verständnislos die Stirn. »Tanzen? Wieso?«

»Weil Sie mir so nahe treten«, antwortete Heiner kühl.

»Ich geb dir 'nen Furz lang Zeit, dich zu verpissen, du geschniegelter Fatzke!«, fauchte Keule ihn an. »Und das gilt auch für die anderen Figuren hinter dir. Wenn ihr euch dann nicht verkrümelt habt, könnt ihr erleben, wie man Luschen wie euch so zusammenstaucht, dass ihr gemeinsam in einen Fingerhut passt!«

Heiner von Hohenschlaufe neigte den Kopf, als höre er interessiert zu. »Ein ungewöhnliches Angebot, dem ein gewisser exotischer Reiz nicht abgesprochen werden kann. Doch ich mache Ihnen ein Gegenangebot, das sicher Ihr Interesse finden wird …«

»He, wer glaubst du …«

Der Baron redete unbeirrt weiter: »Ich nehme an, Sie sind sich Ihrer überragenden Körperkräfte absolut sicher und sehen in mir keinen ernst zu nehmenden Gegner, nicht wahr?«

Keule blinzelte verwirrt und brach dann in lautes Gelächter aus. »Du bist ja 'n Komiker, Silberpappel. Aber das war dein letzter Witz.«

»Ich wette meinen Spazierstock, dass Sie nicht in der Lage sind, mich mit einem einzigen Faustschlag in den Magen aus dem Gleichgewicht zu bringen!«, forderte der Baron ihn heraus.

»Heiliges Nudelholz, was hat Heiner bloß vor?«, raunte Blacky Adi zu.

Adi zuckte die Achseln. »Ich weiß es nicht, aber Heiner ist nicht auf den Kopf gefallen«, flüsterte er hastig zurück. »Er weiß schon, mit wem er es da zu tun hat. Bestimmt hat er einen Trumpf im Ärmel.«

»Hoffentlich kommt er noch dazu, ihn auch auszuspielen«, sorgte Blacky sich.

»Aus dem Gleichgewicht? Opa, du wirst dich im Nebenzimmer wieder finden und 'ne Woche Blut und

Galle spucken«, prophezeite Keule ihm. »Deine Krücke kannst du jetzt schon abgeben, Mann.«

»Das Maul kann jeder voll nehmen«, reizte Heiner ihn.

»Fang an zu beten!«, schnaubte Keule, holte weit aus und schlug ihm mit voller Kraft in den Magen.

Zumindest war das seine Absicht. Doch seine Faust traf nicht auf nachgiebige Bauchmuskeln, wie er es erwartet hatte. Ganz im Gegenteil. Seine geballte Hand krachte gegen eine fünf Pfund schwere Eisenscheibe, die sich der Baron unter seine Anzugsweste hinter den Gürtel geklemmt hatte. Die Scheibe, die zum Gewichtheben benutzt wurde, hatte er im Nebenzimmer auf einer Bank entdeckt und, einer Eingebung folgend, an sich genommen.

Es gab ein hässliches Geräusch.

Keule war vor Schreck wie gelähmt. Mit weit aufgerissenen Augen starrte er auf seine Hand, die er wohl für lange Zeit nicht würde gebrauchen können. Sein Gesicht wurde wachsbleich.

In den kurzen Sekunden zwischen Schock und einsetzendem Schmerz sagte Heiner von Hohenschlaufe in beiläufigem Plauderton. »Die Wette scheint mir zu Ihren Ungunsten ausgefallen zu sein, Sportsfreund. Doch Sie sollen bei dieser Wette nicht ganz leer ausgehen. Ich gebe Ihnen das als Andenken mit«, sagte er, zog die runde Eisenplatte unter der Weste hervor, hielt sie einen Augenblick hoch und ließ sie dann fallen – genau auf den linken Fuß des Schlägers.

Keule löste sich augenblicklich aus seiner Erstarrung. Ihm schossen die Tränen in die Augen. Er brüllte

55

wie am Spieß. Dabei hüpfte er kreuz und quer durch den Raum, den linken Fuß angezogen und die rechte Hand mit der anderen festhaltend. Er heulte wie ein Wolf bei Vollmond.

»Alle Achtung, Baron!«, lobte Blacky ihn. Er war erleichtert und fröhlich zugleich. »Das nenne ich gut gepokert und einen knochenharten Bluff!«

Carlo lachte vergnügt. »Junge, Junge, den hast du wirklich sauber aus dem Verkehr gezogen.«

»Verbindlichsten Dank.« Der Baron zupfte seine verrutschte Weste zurecht.

»Keule läuft außer Konkurrenz, aber es bleiben noch immer drei wandelnde Totschläger!«, warnte Adi seine Freunde.

»Nicht die Masse macht es«, sagte der Baron gelassen, »sonst würde die Kuh den Hasen einholen.«

Fuzzi dem Fummler war vor Sprachlosigkeit die Zigarre aus dem Mund gefallen. »Rambo! Piko! Wumme! Macht sie fertig!«, schrie er nun außer sich vor Wut und raufte sich die sowieso schon wild zu Berge stehenden Haare. »Macht sie zu Mus! ... Und nehmt euch ganz besonders diesen Strich in der Landschaft da zur Brust, diese halbe Portion mit der Nickelbrille!«, geiferte er und wies auf Tino Tran. »Der hat dieses Pack nämlich hergeführt!«

56

»Dem zieh ich 'nen breiten Scheitel!«, versprach Wumme und stürmte zusammen mit Rambo und Piko los.

»Der Augenblick der Wahrheit ist gekommen, Freunde!«, rief Adi. »Verteilt euch und zeigt es ihnen! Lasst euch was einfallen. Doch lasst euch bloß nicht auf einen direkten Schlagabtausch ein – das ist der gerade Weg zum Streckverband!«

Die Clique fuhr auseinander. Doch es war ausgerechnet Adi, dem es zuerst an den Kragen ging. Rambo schnitt ihm den Weg ab und erwischte ihn mit einem wuchtigen Schwinger. Der Boxhandschuh traf ihn genau zwischen die Schulterblätter.

Adi hatte das Gefühl, als hätte ihn ein Presslufthammer von den Beinen gerissen. Er wurde nach vorn geschleudert, rollte sich geistesgegenwärtig ab und schlitterte noch ein paar Meter über den glatten Linoleumboden. Er landete genau vor Bodos Füßen.

»Geht es jetzt rund?«, fragte Bodo erwartungsvoll. Er hatte zu einem armlangen Rundholz gegriffen, das irgendwelchen Trainingszwecken diente.

»Viel runder kann es gar nicht mehr gehen. Oder glaubst du vielleicht, ich lass mir die Schulterblätter zum Vergnügen verrücken?«, keuchte Adi und war froh, direkt vor Bodo gelandet zu sein. Er würde Rambo von ihm ablenken und ihm eine gesalzene Abreibung verpassen. Denn wenn man seinen Tieren und Freunden etwas zu Leide tat, zeigte Bodo der Bomber, was in ihm steckte. Wo er nur einmal hinlangte, da wuchs kein Gras mehr.

»Gut«, sagte Bodo nun.

Adi glaubte seinen Augen nicht zu trauen, als er sah, dass Bodo sich das Rundholz unter den Arm klemmte und sich abwandte. Es kam ihm wie ein Albtraum vor. Statt ihn vor Rambo zu schützen, spazierte Bodo zum Fenster und riss es weit auf.

Adi hatte Glück, dass Rambo sich seiner Sache so sicher war. Der zweite Boxhieb, den er von ihm beim Aufstehen einstecken musste, bescherte ihm nur einen dröhnenden Kopf. Rambo wollte offensichtlich seinen Spaß an ihm haben und ließ sich Zeit.

»Du Hornochse!«, brüllte Adi zu Bodo hinüber. »Was soll der Schwachsinn mit dem Fenster?«

»Ja, aber du hast doch gesagt, dass ich euch Luft verschaffen soll, wenn es rundgeht«, verteidigte sich Bodo getroffen. »Ich fand das ja auch nicht so gut, aber wenn du mir was aufträgst, tue ich es auch.«

»Aber das war doch nicht wörtlich gemeint! Du sollst uns helfen... mit deinen Fäusten!«, flehte Adi ihn an und brachte sich mit einer Rolle vor Rambo für einen Moment in Sicherheit. »Und zwar schnell, sonst kannst du das *Parkhotel* demnächst allein führen!«

»Das hättest du gleich sagen sollen. Ich helfe dir doch gern«, sagte Bodo in aller Ruhe und stellte sich dem muskelbepackten Boxer in den Weg. »Was Sie da mit meinem Freund tun, ist unfair und gefällt mir nicht!«

»Dir wird gleich noch 'ne ganze Menge mehr nicht gefallen, du Depp!«, fauchte Rambo und verpasste ihm einen Kinnhaken.

Bodo der Bomber verzog keine Miene und wankte nicht einmal. Er hatte Nehmerqualitäten, von denen Rambo nicht zu träumen wagte.

»Ich fürchte, ich mag Sie nicht«, sagte Bodo und revanchierte sich nun mit einem Schwinger, der Rambo ins Land der Träume schickte.

»Hast du *das* gesehen?«, sagte Blacky zum Baron. »Wenn Bodo in Fahrt kommt, ist er wie ein Elefant auf Rollschuhen.«

»Mir ist nicht ganz klar, was Bodo mit einem Elefanten auf Rollschuhen gemeinsam haben soll«, erwiderte Heiner von Hohenschlaufe.

»Du kommst an keinem von beiden mit heiler Haut vorbei«, erklärte Blacky fröhlich.

»Mir scheint, wir sollten uns ein wenig um unsere eigene Haut kümmern«, schlug der Baron mit gleich bleibend ruhiger Stimme vor, als Wumme auf sie zukam. Nur eine lange Gymnastikmatte trennte den Muskelprotz von ihnen.

»Das haben wir gleich«, murmelte Blacky und bückte sich schnell, als Wumme den Fuß auf die Matte setzte. Er packte die Schlaufe und riss die Matte zu sich heran.

Wumme verlor das Gleichgewicht, wurde nach hinten geworfen und ruderte, vergebens nach einem Halt suchend, mit den Armen wild durch die Luft. Dann

59

setzte er sich mit dem verlängerten Rückgrat hart und schmerzhaft auf den Boden.

Tino und Carlo hatten indessen gleichfalls alle Hände voll zu tun. Piko hatte sich auf Tino stürzen wollen. In seinem Eifer achtete er jedoch nicht auf den schweren Sandsack zu seiner rechten Seite – ganz im Gegensatz zu Carlo. Er hatte dahinter Deckung gesucht und zog ihn nun so weit zurück, wie es seine Kräfte zuließen. Als Piko herangestürmt kam, stieß Carlo den Sandsack von sich weg und schrie: »He, Piko-Bubi, *hier* findet die Hauptvorstellung statt, du Hinterhoftarzan!«

Der Muskelprotz wirbelte wutschnaubend herum – und sah den zentnerschweren Sandsack wie ein Riesenpendel auf sich zurasen. Jede Reaktion kam zu spät. Der Sandsack traf ihn voll, hob ihn von den Beinen und verschaffte ihm das zweifelhafte Vergnügen, für mehrere Sekunden das Gefühl des freien Fluges auszukosten. Die harte Landung ließ erkennen, dass diese Art des Segelfluges nur etwas für buchstäblich unempfindliche Naturen war. Pikos Gestöhn nach zu urteilen, zählte er nicht zu dieser Gruppe.

Benommen, aber vor Wut und Vergeltungsdrang kochend wie ein Vulkan, kam Piko wieder auf die Beine. Mit glasigen Augen suchte er nach einem Opfer. Er sah eine schwarz gekleidete Gestalt vor sich und stieß ein kurzes, gemeines Lachen aus. »Du wirst dafür bezahlen, Schwarzhemd! Dich rauch ich in der Pfeife!«

Blacky wich vor ihm zurück – und wurde sich plötzlich bewusst, dass er einen Fehler begangen hatte. Er hatte sich in eine Ecke abdrängen lassen. Fieberhaft überlegte er, wie er dem Schläger entkommen konnte,

61

und fühlte plötzlich einen Gegenstand in seiner Jackentasche. Es war eine Mausefalle, die er vorhin im VW-Bus in weiser Voraussicht eingesteckt hatte.

»Haha, jetzt sitzt du fest … wie das Kaninchen in der Schlingenfalle! Ich werd dir die Luft abdrehen, dass du die halbe Milchstraße vor deinen Augen tanzen siehst!«, rief Piko hämisch und streckte die Hand nach ihm aus.

Blacky zog die Mausefalle aus der Tasche, spannte den Metallbügel hastig mit dem Daumen und zielte damit nach Pikos ausgestrecktem Zeigefinger. Die Fingerkuppe des Ganoven berührte augenblicklich den Auslösemechanismus. Der Bügel schnellte nun zurück – und klemmte Pikos Fingerspitze ein.

Der muskelbepackte Schurke machte einen Satz in die Luft und sein Schrei kletterte in schrille Höhenlagen. Ihm war, als wäre seine Fingerspitze zwischen die beiden Blöcke einer hydraulischen Schrottpresse gekommen. Er vergaß völlig, dass er Fuzzi vor diesen fremden Eindringlingen schützen wollte. Mit tränenverschleierten Augen hockte er sich einfach hin und schüttelte wie wild die Hand, als hätte sich eine Schlange in seine Fingerkuppe verbissen. Auf den Gedanken, den Bügel der Mausefalle einfach hochzudrücken, kam er überhaupt nicht.

Wumme, der sich vom unsanften Sturz von der Matte leider viel zu schnell erholt hatte, war indessen Tino auf den Leib gerückt.

Tino Tran war jedoch geistesgegenwärtig genug gewesen, sich vor den Pranken des Schlägers auf das Trampolin zu retten. Auf Socken hüpfte er nun vor dem

62

wutschnaubenden Kraftprotz, der ihn mit seinen Fäusten zu erwischen versuchte, auf und ab. Doch sosehr er sich auch anstrengte, er schlug in seinem blinden Zorn nur Löcher in die Luft.

Tino dagegen fand Gefallen an der Springerei, fasste Mut und konterte. Bei jedem zweiten, dritten Sprung verpasste er dem wild um sich dreschenden Schläger einen Tritt auf die Nase. Wumme war bis aufs Blut gereizt und keines klaren Gedankens mehr fähig.

»... und *eins* ... zwei ... drei«, zählte Tino laut seine Hüpfer mit. »Nein, nein, so nicht ... das war ein Grätschschritt von mir gewesen ... der Nasenstüber kommt erst ... *jetzt!*« Und wieder machte Wummes Nase mit Tinos flinkem Fuß Bekanntschaft.

Wumme heulte vor ohnmächtiger Wut auf und schoss einen Hagel von Schlägen ab, als wollte er die Luft zu Schaum schlagen.

»Du verausgabst dich, mein Freund!«, rügte Tino.

Wumme hörte plötzlich auf, um sich zu schlagen. Er stand einen Augenblick ganz ruhig da, starrte auf seine Fäuste und dann auf Tino, der vor ihm durch die Luft hüpfte, dann wieder auf seine Fäuste.

»Ich war mal richtig gut«, murmelte Wumme schließlich zu sich selbst und schien die Anwesenheit der anderen völlig vergessen zu haben. Seine schleppende Stimme klang ungläubig und restlos deprimiert. »Hab immer alles getroffen, was ich treffen wollte. Ja, richtig gut war ich mal.«

Und dann drehte er sich einfach um und verließ den Trainingsraum. Er ging wie in Trance, kopfschüttelnd und seine Fäuste betrachtend, als sähe er sie zum ers-

63

ten Mal in seinem Leben. Ihn kümmerte auch nicht das Gefluche und Gejammere seiner Komplizen. Niedergebeugt wie ein alter, geschlagener Mann verließ er die Stätte seiner Niederlage.

Fuzzi der Fummler hatte mit wachsender Fassungslosigkeit vom Ring aus verfolgt, wie seine Männer einer nach dem anderen den Kürzeren zogen. Als Wumme das Handtuch nun sogar freiwillig warf und wie ein begossener Pudel davonzog, brach für ihn eine Welt zusammen. Ungläubig starrte er ihm nach – und vergeudete damit wertvolle Zeit.

Als ihm dann jäh zu Bewusstsein kam, dass nun er an der Reihe war, die Bekanntschaft von Tino Trans Freunden zu machen, überfiel ihn panische Angst. Er stieß sich vom Ring ab und rannte auf eine kleine Tür zu.

»Fuzzi versucht zu türmen!«, alarmierte Carlo seine Freunde. »Los, nichts wie hinterher!«

Die Clique vom *Parkhotel* ließ von den drei mehr oder minder kampfunfähigen Muskelmännern ab und nahm die Verfolgung auf.

Hinter der Tür führte eine schmale Treppe, die früher Lieferanten und Dienstboten hatten benützen müssen, in die oberen Stockwerke hoch.

»Spar dir den Atem, Fuzzi!«, rief Adi, als der Besitzer des Bodybuildingstudios über ihnen die Stufen hinaufpolterte. »Du entkommst uns ja doch nicht!«

Eine Tür schlug im Dachgeschoss zu.

Wenige Augenblicke später hatten Adi und seine Freunde den obersten Treppenabsatz erreicht. Sie stießen drei Türen auf und blickten in leere Dachkammern.

Die vierte Tür war verschlossen. Geräusche drangen aus dem dahinter liegenden Raum.

»Na los, komm raus!« Adi hämmerte gegen die verriegelte Tür. »Oder ist es dir lieber, wenn wir dich holen kommen und dabei Kleinholz aus der Tür machen?«

Keine Antwort.

»Hoffentlich dreht er nicht durch«, sorgte Tino sich. »Wenn er sich aus Angst das Leben nimmt, werde ich mein Lebtag nicht mehr froh ...«

»Wir brechen die Tür auf!«, entschied Adi. »Los, Bodo! Leg dich ins Zeug!«

»Wo soll ich mich hinlegen?«, fragte Bodo eifrig.

»Nicht legen, rennen sollst du!«, befahl Blacky. »Und zwar gegen die Tür. Na los, spiel Panzer und walz das Ding nieder!«

Bodo nickte, nahm Anlauf und rannte mit voller Wucht gegen die Tür. Doch es war keine moderne Fertigbautür, sondern noch alte, solide Zimmermannsarbeit. Bodo brauchte drei gewaltige Rammstöße, erst dann splitterte das Holz und rissen die Scharniere aus dem Türrahmen.

Bodo ging mit der Tür zu Boden. Seine Freunde drängten sich in die Dachkammer. Bis auf ein paar dutzend Kartons war der Raum leer. Nirgends eine Spur von Fuzzi. Das Dachfenster stand offen.

»Er hat sich aus dem Fenster gestürzt!«, rief Tino entsetzt.

»Von wegen! Er hat sich abgeseilt!«, beruhigte Carlo ihn und deutete auf das Seilende, das um eine Rippe der Heizung unterhalb des Fensters geknotet war. Das Seil lief über den Fensterrahmen nach draußen.

Adi stürzte ans Fenster, beugte sich hinaus – und atmete erleichtert durch. »Keine Unruhe, Freunde! Wir haben die Situation voll unter Kontrolle... dank Klickers umsichtiger Unterstützung.«

Fuzzi der Fummler baumelte auf halber Höhe zwischen Dachfenster und Gartenterrasse am Seil. Unten stand Kommissar Klicker. Breitbeinig, die Arme vor der Brust verschränkt und mit einem kühlen Lächeln, als wolle er sagen: Nur zu, mein Freund. Seil dich nur ab. Ich werde dich schon gebührend in Empfang nehmen!

»Verschwindet!«, rief der bärtige Ganove mit schriller Stimme. »Lasst mich in Ruhe!«

»Aber mein lieber Fuzzi! Wer wird denn so schüchtern und bescheiden sein, dass er sich klammheimlich aus dem Dachgeschoss abseilt? Nein, nein, wir können nicht zulassen, dass du in der Versenkung verschwindest, bevor wir uns bei dir nicht gebührend für die wirklich umwerfende Begrüßung bedankt haben«, spottete Adi. »Wir rechnen es dir hoch an, dass du uns deine besten Muskelmänner als Empfangskomitee entgegengeschickt hast. Nicht jeder hätte sich zu dieser noblen Geste durchgerungen!«

»Geht zum Teufel!«, schrie Fuzzi der Fummler. »Von mir erfahrt ihr nicht ein Wort. Ich weiß nichts... und ich sage auch nichts!«

»Aber Fuzzi!«, sagte Adi mit tadelndem Unterton. »Du wirst doch dein Licht nicht unter den Scheffel stellen. Ich bin sicher, dass du dir in Wirklichkeit nichts Erstrebenswerteres vorstellen kannst als eine gemütliche Plauderstunde im Kreise alter Freunde ... zumindest hat Tino mir das erzählt. Und was dein Gedächtnis angeht, so werden wir dir da sicherlich auf die Sprünge helfen können. – Bodo! Komm doch mal her!«

Bodo trat zu Adi an das Dachfenster.

»Fuzzi spielt so gern Tarzan. Für ihn ist dieses Seil eine Liane, die aus der Krone eines Dschungelbaumes herabhängt«, sagte Adi zu ihm mit lauter Stimme, damit der Besitzer des Bodybuildingstudios ihn auch hören konnte. »Leider hat er vergessen, so richtig Schwung zu holen, Bodo. Tu ihm doch den Gefallen und bring ihn ein bisschen in Fahrt.«

»Aber das mach ich doch gern, Adi. Seilschwingen ist ja wirklich eine lustige Sache«, erklärte Bodo der Bomber, lehnte sich aus dem Fenster und packte das Seil. Schnell brachte er es zum Schwingen.

Wie ein Klammeraffe hing Fuzzi der Fummler am Seil, das nun hin und her pendelte. Und mit jeder Pendelbewegung schwang er weiter über die Hausfront hinaus. Er begann lauthals zu jammern.

»Na, du Lehnstuhl-Tarzan? Wie schaut es jetzt mit deinem Gedächtnis aus? Oder möchtest du lieber noch ein paar Runden genießen?«, rief Adi ihm zu.

»Aufhören! Aufhören!«, schrie Fuzzi. »Mir wird übel. Ich sag alles! ... Nur aufhören!«

»Aber ich habe doch gerade erst angefangen«, murmelte Bodo enttäuscht.

»Manchem schlägt zu viel frische Luft unangenehm auf den Magen«, sagte Adi spöttisch. »Also hör auf und zieh das Tau ein. Du kriegst ihn doch hoch, oder?«

Bodo warf sich in die Brust. »Na klar! In fünf Sekunden habe ich ihn hier vor der Luke!«

»Fünf Sekunden? Das will ich sehen!«

Bodo hielt sein Wort – und gab dem bärtigen Ganoven mit dieser blitzschnellen Seileinholaktion nervlich den Rest. Fuzzi der Fummler war kreidebleich und zitterte wie Espenlaub, als Bodo ihn durch das Fenster ins Zimmer beförderte.

»Mehr Haltung, mein junger Freund!«, herrschte der Baron den Studiobesitzer an, als dieser wie ein Häufchen Elend auf einer Kiste kauerte.

»Du hast mich vorsätzlich beschwipst gemacht, um mich aushorchen zu können, du gemeiner Kerl!« Tino Tran machte nun seinem Zorn Luft. »Und wenn du nicht sofort sagst, wo du und deine Komplizen die Druckplatten und die Blüten versteckt habt, kannst du schon mal die Sargträger für dein Begräbnis bestellen!«

Fuzzi der Fummler war viel zu verstört, um sich der Lächerlichkeit von Tinos Drohung bewusst zu werden. Im Gegenteil, er zog den Kopf ein und stieß flehend hervor: »Tu mir nichts, Tino! Bitte! Ich habe mit der ganzen Geschichte nichts zu tun!«

68

»Hör mir mal zu, Fummel-Lui!«, rief Blacky nun ärgerlich. »Wenn du uns für geistige Suppenhühner hältst, die du mit links in die Pfanne hauen kannst, hast du dich geschnitten! Mach also die Kiemen auf und spuck aus, was mit den Druckplatten geschehen ist. Sonst werde ich ungemütlich!«

»Ich habe wirklich nichts damit zu tun!«, beteuerte Fuzzi mit krächzender Stimme. »Dass Tino Blütenplatten in seinem Panzerschrank liegen hat, habe ich ohne böse Hintergedanken Kollegen von mir erzählt ...«

»Erzähl uns doch keine Märchen für Wickelkinder! Du hast den heißen Tipp verkauft und bestimmt nicht für eine Rolle Smarties!«, korrigierte Adi ihn scharf. »An wen? Raus mit den Namen! Wer hat die Platten?«

»Die Omelett-Bande!«

»Die Omelett-Bande?«, fragten die sechs Freunde vom *Parkhotel* wie aus einem Mund.

»Siggi Zwirbel ist der Boss der Bande«, beeilte sich Fuzzi zu erklären. »Er ist ganz verrückt nach Omeletts und so 'nem Eierzeugs. Deshalb heißt er eben Omelett mit Spitznamen. Hat früher im Frankfurter Raum groß abgesahnt und ist erst seit kurzem hier in der Gegend. Vor 'n paar Wochen traf ich draußen auf der Pferderennbahn 'ne alte Bekannte, Lilo Linse. Als ich hörte, dass sie bei der Omelett-Bande eingestiegen war, hab ich ... na ja ... das mit den Blütenplatten ins Gespräch gebracht. Hab mich dann mit Siggi Zwirbel getroffen und ihm erzählt, was ich so wusste.«

»Und wie viel hast du dafür gekriegt?«, fauchte Tino.

»Es war nicht der Rede wert«, antwortete Fuzzi lahm.

Tino packte ihn am Kragen und schüttelte ihn. »Wie viel, du hinterhältiger Schuft!?«

»Zehn Riesen!... Um Himmels willen, Tino!... Ich war abgebrannt!... Mein Laden hier ist eine absolute Pleite! Ich stand vor dem Bankrott! Versuch doch, mich zu verstehen! Ich brauchte die schnelle Kohle!«

»Wer gehört noch zur Omelett-Bande?«, wollte Adi wissen. »Und wo haben sie ihre Blütendruckerei mit Tinos Platten aufgezogen?«

»Ich weiß es nicht!«, beteuerte Fuzzi der Fummler.

Der Baron seufzte. »Mir scheint, die Quelle ist versiegt und er sagt die Wahrheit.«

»Schön und gut, wir wissen jetzt, wer sich die Druckplatten unter den Nagel gerissen hat«, brummte Blacky mit unverhohlener Enttäuschung. »Aber wie kommen wir nun bloß an das Versteck der Omelett-Bande? Die werden für ihre illegale Blütenpresse ja wohl kaum Reklame in der Tageszeitung machen.«

»Eine Feststellung, die nicht gerade intellektuelle Brillanz erfordert«, bemerkte Heiner von Hohenschlaufe sarkastisch.

»Siggi Zwirbel und Lilo Linse dürften keine unbeschriebenen Blätter sein«, sagte Adi zuversichtlich. »Bestimmt gibt es über diese Bande Polizeiakten. Klicker wird sie uns beschaffen. Und wenn Omelett und Co. sich hier in der Gegend von Steinenbrück eingenistet haben, und dafür spricht ja alles, werden wir sie auch in ihrem Bau aufstöbern! Das faule Ei, das wir nicht finden können, muss erst noch versteckt werden!«

Schwein mit Blüten

Schubi Schlot balancierte die große Schubkarre über den Boden aus alten, mächtigen Bohlen. Er hatte Mühe, das Gleichgewicht zu halten, denn die Karre war schwer beladen. Druckfrische Zehnmarkscheine türmten sich weit über den Rand auf und reichten dem überlangen Ganoven bis an die Brust. Es waren zehntausende in Falschgeld, die er da über den Dachboden des einsam gelegenen Gutshofes karrte.

Keuchend schob er die Karre zur aufgeklappten Bodenluke, die gut zwei Meter im Quadrat maß. Direkt unter der Öffnung befand sich der breite Gang, der an den Schweineboxen entlangführte.

Schubi Schlot hielt vor der Luke kurz an. »Ist bei dir da unten alles in Ordnung, Schote?«

»Bis auf die Schweinerei ist alles in Ordnung!«, rief Rhino Nasaletti mürrisch zurück.

»Das wollte ich nur wissen«, sagte Schubi Schlot und riss die Schubkarre hoch. Der hohe Berg fest zusammenklebender Zehnmarkscheine kippte von der Schubkarre und fiel durch die Luke. Einige hundert Scheine, die obenauf lagen und nicht so fest zusammengepappt waren, flatterten wie Konfetti durch die Öffnung.

In das Flattern von Papier und das dumpfe Aufschla-
gen von schweren Falschgeldpacken mischte sich ein
erstickter Schrei.

Schubi Schlot ließ die Schubkarre los, trat hastig an
den Rand der Luke und blickte hinunter. Er erschrak.
Unter dem Geldberg bewegte sich etwas. Und den ge-
dämpften, wütenden Flüchen nach zu urteilen, musste
es sich dabei um Rhino Nasaletti handeln.

»Schote!«, rief Schubi besorgt. »Hast du dir was getan?«

Der Gangster mit der Paprikaschotennase wühlte sich
frei. Wütend funkelte er seinen Komplizen an. »*Ich* habe
mir überhaupt nichts getan – *du* hast mir was getan, du
Schwachkopf! Bist du von allen guten Geistern verlassen? Mir eine ganze Fuhre druckfrischer Blüten auf den
Schädel zu knallen, das ist wirklich das Letzte!«

»Aber ich hab doch gefragt, ob bei dir da unten alles
in Ordnung ist!«

»Es war ja auch alles in Ordnung! Wie konnte ich
denn wissen, dass du so schnell mit 'ner neuen Ladung
Zehner angekarrt kommen würdest? Zum Teufel, allmählich stinkt es mir ganz gewaltig! Los, komm runter
und pack mit an!«

Mit Heurechen verteilten sie die brandneuen Zehnmarkscheine auf dem breiten, dreckigen Mittelgang.
Dann ging Schote zur großen Box am Ende des Stalles,
in der sich ein Dutzend Schweine drängten. »Du kannst
mir ruhig zur Hand gehen, Schubi«, sagte er, öffnete
den Verschlag und griff sich einen Stock.

»Ist das nicht 'ne tierisch gute Idee von Omelett?«
Schubi Schlot grinste breit, während er seinem Kompli-

zen half, die Schweine aus dem Koben durch den Mittelgang zu treiben. Geradewegs über die frischen Blüten hinweg. Dreimal hin und zurück. »Die Schweine trampeln über die Scheine, sodass sie hinterher ganz und gar nicht mehr neu aussehen. Und wenn Lilo sie dann noch mal kurz im Schongang durch die Waschmaschine und anschließend durch den Trockner hat laufen lassen, sehen sie richtig gebraucht aus. Ich finde, das war 'ne affenstarke Idee von Omelett, diesen Gutshof zu pachten und so 'n System auszutüfteln.«

»Schwachsinn ist das!«, knurrte Schote. »Absolute Idiotie! Außerdem stinkt mir die Arbeit … und zwar in jeder Beziehung.« Er knallte den Verschlag hinter den Schweinen zu und schleuderte den Stock in die Ecke. »Ich brauch jetzt 'ne Stärkung, vor allem 'n Bier. Hoffentlich gibt es heute mal was anderes als wabbeliges Omelett. Der Boss geht mir mit seinem verdammten Eierzeug allmählich schwer auf den Keks.«

»Sag mal, bekommt dir die gute Landluft nicht?«, fragte Schubi Schlot besorgt.

»Ach, rutsch mir doch den Buckel runter«, knurrte Schote ungehalten und stapfte aus den Schweinestallungen des Gutshofes, dessen vier Gebäudetrakte um einen großen Innenhof ein Quadrat bildeten.

Schubi Schlot stapfte hinter ihm her.

Lilo Linse und ihr Boss Siggi Zwirbel hielten sich in der großen Küche des Gutshofes auf. Das gewaschene und getrocknete Falschgeld war in handliche Kartons verpackt, die vor einer freien Wand aufgestapelt waren. In einem angrenzenden Raum standen auch die Waschmaschine und der Trockner. Als Rhino Nasaletti und

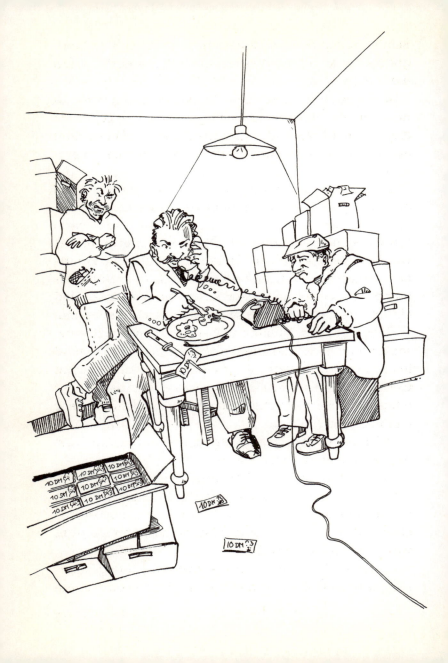

Schubi Schlot die Küche betraten, wuchtete Lilo Linse gerade wieder einen Wäschekorb voll Zehnerblüten in die Küche.

Siggi Zwirbel saß auf den Geldkartons, den Telefonhörer mit der Rechten ans Ohr gepresst, und redete in die Muschel, während er gleichzeitig ein Riesenomelett aus mindestens einem Dutzend Eiern in sich hineinschlang.

Omelett war ein mittelgroßer, zierlicher Mann von eigentlich unscheinbarem Äußeren – wenn nicht dieser altmodische Kaiser-Wilhelm-Bart gewesen wäre. Der Gangsterboss hatte sich einen langen Schnurrbart wachsen lassen, dessen Enden er mithilfe von Bartpomade hochgezwirbelt hatte. Nachts trug er eine Bartbinde, weil er fürchtete, sein kunstvoll getrimmter und eingefetteter Bart könnte im Schlaf beschädigt werden.

»Hör auf, mir die Ohren voll zu sülzen, Krawallski!«, sagte Omelett gerade ungehalten und mit vollem Mund ins Telefon. »Man hat mir gesagt, du hättest an einem Geschäft von so 'ner Größenordnung Interesse. Aber offenbar ist dir der Schuh, den ich dir anbiete, 'n paar Nummern zu groß ...«

»Wen hat er denn da an der Strippe?«, fragte Schote und ging zum Kühlschrank.

»'nen gewissen Kuno Krawallski. Soll 'n Großaufkäufer von Falschgeld sein. 'n alter Kumpel von Omelett hat ihm den Kontakt verschafft«, erklärte Lilo achselzuckend. »Krawallski will aber offenbar nicht hinblättern, was Omelett haben will.«

»... hältst du mich für 'n Ganoven, der Kaugummiautomaten ausplündert und mit 'ner Hand voll Maoam zufrieden ist?«, erregte sich Siggi Zwirbel auf eine Erwiderung seines Gesprächspartners hin. »Eine Mark für jeden Zehner? Das ist ja 'n Kalauer, den du deinem Friseur erzählen kannst! Ich rede hier von erstklassigen Blüten, Mann! ... Druckplatten von Meisterhand, Krawallski! ... Tino Tran, ja! ... Und es gibt keinen Besseren, falls du auch nur 'nen blassen Schimmer von der Fälscherszene hast.«

»Sag ihm, er soll sich zum Teufel scheren!«, sagte Rhino Nasaletti laut zu Omelett, machte den Kühlschrank auf und fluchte. Bis auf gut fünf Dutzend Eier waren die Kühlfächer so gut wie leer.

»Nun stell die Antenne mal auf Empfang, Krawallski! Ich will für jeden Zehner zweifünfzig. Und ich gebe die Blüten nur in Kisten zu je zweihundertfünfzigtausend ab!«, erklärte Siggi Zwirbel energisch. »Wenn du meinen Preis nicht zahlen willst oder mit so viel sauberer Kohle nicht rüberkommen kannst, vergiss es. Überleg es dir. Ich geb dir 'ne Stunde Bedenkzeit. Wenn du bis dann nicht angerufen hast, bist du weg vom Fenster – und ich mache das Geschäft mit 'nem anderen, der weiß, was aus Tino-Tran-Blüten rauszuholen ist.« Ohne eine Antwort abzuwarten, knallte er den Hörer auf.

Schote knallte die Kühlschranktür zu. »Mir reicht es, Boss!«, explodierte er. »Ich hab ja nichts gesagt, als du uns mit der saublöden Idee von diesem Gutshof gekommen bist ... von wegen Blüten bearbeiten und so. Aber dass wir hier auf dem Trockenen sitzen und noch nicht mal was Anständiges zwischen die Zähne kriegen, mache ich nicht länger mit! Ich kann deine verdammten Eier nicht mehr sehen!«

»Mensch, halt die Luft an, Schote!«, herrschte Omelett ihn an. »Du weißt nicht, was gut für dich ist. Vorgestern hatten wir Omelett mit Spinat, gestern mit gedünsteten Pilzen und heute gefüllt mir zarten Spargelspitzen! Was willst du mehr?«

»Das will ich dir sagen!«, knurrte Schote. »Pommes frites mit Majo, Currywurst, zwei Frikadellen mit 'ner Riesenportion Löwensenf und 'nen Kasten Pils! Und das werde ich mir jetzt auch holen. Ich fahr nach Steinenbrück und knall mich in die nächste Frittenbude!«

»Das wirst du schön bleiben lassen«, erwiderte Siggi Zwirbel und seine Stimme hatte einen drohenden Unterton. »Ich habe das Geschäft unseres Lebens angekurbelt ...«

»Nun blas dich mal nicht so auf, Omelett«, fiel Lilo Linse ihm mürrisch ins Wort. Ihr passte es ebenso wenig wie Rhino Nasaletti, dass Omelett sie auf dem Gutshof quasi festnagelte. Dabei juckte es ihr in den Fingern, zur Rennbahn zu fahren und ihr Glück zu versuchen. Einen Packen Zehner hatte sie schon heimlich verschwinden lassen. »Immerhin war ich es, die den heißen Tipp angeschleppt hat!«

Omelett ging überhaupt nicht darauf ein und fuhr unbeirrt fort: »... und habe den Falschgeldcoup bis ins letzte Detail ausbaldowert. Alles, was unseren Erfolg gefährden könnte, muss deshalb unterbleiben. In ein paar Tagen haben wir den ersten Ausstoß verscherbelt und Kohle genug, um irgendwo in Cannes oder Nizza ganz schwer auf den Putz zu hauen. Aber bis dahin läuft hier alles so, wie ich es sage!«

»Aber es ist doch Blödsinn, die Blüten für zweifünfzig den Zehner abzugeben!«, erregte sich Rhino Nasaletti. »Wir könnten die Blüten doch selbst unter die Leute bringen – und zwar zum vollen Wert!«

»So? Und wo?«

»In Spielkasinos!«

Siggi Zwirbel zwirbelte ein Schnurrbartende und lächelte verächtlich. »Wie viele Zehner, glaubst du, kannst du einem Kassierer oder Croupier im Kasino unter die Weste jubeln, ehe er den Braten riecht? Zwanzig, dreißig? Mann, wir haben *hunderttausende* von Zehnern!«, brüllte er los. »Willst du vielleicht von Laden zu Laden, von Kneipe zu Kneipe und von Kasino zu Kasino ziehen, um überall ein paar dutzend Scheine loszuwerden? Das ist der sicherste Weg, um sich 'nen Stammplatz im Knast einzuhandeln. Nein, wir verkaufen an einen Großabnehmer. Aus! Basta!«

Schubi Schlot räusperte sich. »Aber was Ordentliches zum Spachteln und zum Kippen kannst du uns dennoch zugestehen, da gebe ich Schote Recht. Omeletts kann ich auch nicht mehr ab. Die schlagen mir auf den Magen.«

»Was du nicht sagst!«

Lilo Linse ergriff ihre Partei.

Omelett lenkte schließlich ein. »Okay, zieh los und kauf was für euch ein, Lilo«, brummte er. »Aber du bezahlst auf keinen Fall mit Blüten. Nicht ein einziger Schein darf aus unseren Händen in Umlauf kommen. Wenn wir uns daranhalten, kann uns keiner was am Zeug flicken.«

Lilo Linse verkniff sich ein Grinsen. Sie hatte schon mehrere Blüten in Umlauf gebracht. Warum auch nicht.

Die Zehner waren erstklassig. Omelett machte sich manchmal wirklich in die Hosen. Morgen war auf der Pferderennbahn wieder groß was los und sie dachte gar nicht daran, die spannenden Rennen zu versäumen – und dabei auf den Einsatz ihres kleinen privaten Vorrates an falschen Zehnern zu verzichten.

Das Telefon klingelte.

Es war Kuno Krawallski. Er hatte es sich überlegt. »Du hast 'nen Dummen gefunden, Zwirbel«, teilte er ihm mit. »Ich nehm dir 'ne halbe Million Blüten ab.«

Ein Silberstreif namens Lilo Linse

Blacky schob sich seine Kochmütze in den Nacken und kratzte sich am Haaransatz. Mit gefurchteter Stirn ging er um den Billardtisch herum und prüfte die Konstellation der Kugeln. Es sah für ihn gar nicht gut aus.

»Verflixt!«, brummte er. »Wie ich es auch wende und drehe, ich komme an keine meiner Kugeln heran. Du hast mit deinem letzten Stoß mal wieder mehr Glück als Verstand gehabt, mein lieber Baron.«

Heiner von Hohenschlaufe lächelte gönnerhaft. »Ein Meister seines Faches ist nicht auf die launenhafte Gunst des Zufalls angewiesen, mein lieber Blacky.«

Carlo, der mit Bodo dem Spiel der beiden Freunde im privaten Billardzimmer des *Parkhotels* zuschaute, lachte spöttisch. »Vor ein paar Monaten, als wir das Zimmer hier einrichteten, hast du doch vom Billardspielen so viel wie eine Hochalmkuh vom Tiefseetauchen verstanden.«

Der Baron ließ sich seine gute Stimmung nicht im Geringsten verderben.

»Es gibt Leute und diese sind in der Mehrzahl, die sich eine Kunst in jahrelanger Arbeit mühselig aneignen müssen, und es gibt andere, verschwindend wenige, die sind Naturtalente und zum Champion geboren.«

»Als Phrasendrescher hast du es in der Tat zu einer unübertrefflichen Meisterschaft gebracht«, erwiderte Blacky und begnügte sich mit einem einfachen Befreiungsstoß.

»Na, seine Showeinlage mit der Eisenscheibe unter der Weste gestern in *Tarzans Trainingslager* war auch nicht übel«, räumte Carlo ein und lachte in Erinnerung an die stürmische Auseinandersetzung mit den vier Muskelmännern, die von ihnen ganz sicherlich die Abreibung ihres Lebens erhalten hatten. »Eigentlich schade, dass der Budenzauber so schnell vorbei war.«

Bodo der Bomber lächelte versonnen und kraulte Al Capone hinter den Ohren. Der verwöhnte Kater hatte sich in seiner linken Armbeuge eingekuschelt und schnurrte wohlig. »Ja, die schönen Dinge des Lebens sind immer nur von kurzer Dauer. Aber vielleicht gibt es noch ein Wiedersehen, was meinst du?« Hoffnungsvoll schaute er Blacky an.

»Schlag dir das aus dem Kopf«, sagte dieser. »Mit Fuzzi dem Fummler und seinen Hampelmännern sind wir fertig. Bestenfalls können wir uns Siggi Zwirbel und seine Leute zur Brust nehmen. Aber dafür müssen wir erst einmal wissen, wo sie sich verkrochen haben. Und das herauszukriegen, scheint so einfach zu sein, wie einem Ochsenfrosch das Jodeln beizubringen.«

Fassaden-Carlo schaute auf die Uhr. Es war schon halb eins in der Nacht. »Wo Adi nur bleibt? Er wollte doch schon längst zurück sein.«

»Hoffentlich hat er mehr Glück als gestern Nacht«, meinte Blacky. Adi hatte sich bis weit nach Mitternacht in den Kreisen der Unterwelt herumgetrieben und vergeblich versucht, etwas über die Omelett-Bande in Erfahrung zu bringen.

»Und was ist, wenn nicht?«, fragte Bodo.

»Dann sieht unser armer Tino ganz alt aus«, sagte Carlo düster. »Klicker wird dann gar nicht umhin können, ihn einzulochen.«

»Aber das ist doch ungerecht!«, empörte sich Bodo. »Fuzzi der Fummler hat Tino die Omelett-Bande auf den Hals gehetzt und Klicker lässt ihn frei herumlaufen ...«

»Weil der Kommissar gegen ihn nichts in der Hand hat«, erklärte Blacky. »Jemandem von Druckplatten zu erzählen, ist nun mal nicht strafbar, und welche gemeinen Hintergedanken man dabei auch hat, ist völlig uninteressant. Aber wer Druckplatten für Banknoten herstellt, aus welchen Gründen auch immer, ist reif, Bodo.«

»Noch droht Tino nicht die zwangsweise Übersiedlung in ein staatlich geführtes Versorgungsheim mit begrenzter Bewegungsfreiheit«, mischte sich Heiner von Hohenschlaufe ein. »Wenn ich deine geschätzte Aufmerksamkeit deshalb wieder auf den grünen Filz hier lenken dürfte, Blacky, wäre das nur zu deinem Besten. Du könntest nämlich verfolgen, wie ich die schwarze Kugel nach dreifacher Bandenberührung in die linke obere Ecke versenke.«

Carlo verzog das Gesicht. »Und wenn es dir wieder nicht gelingt, wirst du uns vorwerfen, wir hätten zu heftig geatmet und dadurch den Lauf der Kugel negativ beeinflusst.«

Der Baron ging darauf nicht ein. Mit spitzen Fingern rieb er die Spitze des Billardstockes mit Kreide ein. Dann ging er leicht in die Hocke und visierte die Kugel an. »Dieser Stoß wird als der ›Hohenschlaufe-Triple‹ in die Annalen der Billardgeschichte eingehen ... ganz nebenbei bemerkt.«

»Nun lass schon flutschen!«, forderte Blacky ihn gänzlich unbeeindruckt auf. Heiner war zwar wirklich ein guter Billardspieler mit gutem Auge und sicherer Hand, doch wie das so seine Art war, konnte er es auch hierbei nicht lassen, sich selber über den grünen Klee zu loben. Seine Superstöße erwiesen sich nämlich meist als missglückte Versuche, in einer verzwickten Lage einen wahren Meisterschuss zu landen.

Der Baron schickte die weiße Kugel auf den Weg, die ihrerseits die schwarze mit viel Effet erwischte und in einem Bogen über die grüne Filzplatte schickte. Carlo sah sofort, dass Heiner dem Ball zu viel Drehung gegeben hatte. Der schwarze Ball würde niemals nach drei Bandenberührungen im oberen linken Loch verschwinden, sondern irgendwo im unteren Drittel auslaufen.

Doch es kam alles ganz anders, denn Al Capone griff nun im wahrsten Sinne des Wortes in den Lauf der Bälle ein. Als Bodo aufgehört hatte ihn zu kraulen, hatte er sich auf seinem Arm gereckt und herzhaft gegähnt. Beim Zusammenprall der beiden Bälle war er zusammengefahren, hatte zum Tisch hinübergeblickt und war sofort gesprungen.

Heiner von Hohenschlaufe sah mit Entsetzen, wie der Kater mit einem eleganten Satz auf den grünen Filz sprang und den schwarzen Ball verfolgte. »Bodo! ... Das ist übelste Sabotage!«, stieß er empört hervor.

»Al Capone! Weg da! Willst du wohl hören?«, rief Bodo seinem Liebling erschrocken zu. Doch das war natürlich vergebens. Der Kater war von der glänzenden Kugel viel zu fasziniert, um das herrliche Spiel einfach aufzugeben.

Al Capone sprang auf die schwarze Kugel, umklammerte sie mit seinen beiden Vorderpfoten, warf sich auf den Rücken und kugelte sich ausgelassen mit dem Ball über den Filz.

»Ich protestiere gegen diesen unglaublichen Eingriff!« Heiner von Hohenschlaufe knallte den Billardstock derart heftig auf die Tischplatte, dass es wie ein Peitschenschlag klang. Al Capone zuckte erschrocken zusammen, ließ die Kugel los und sprang vom Tisch. »Ihr habt euch gegen mich verschworen, um meinen genialen Spielzug zu vereiteln!«

»Mensch, Heiner, jetzt plustere dich mal nicht so auf!«, versuchte Carlo ihn zu beruhigen. »Niemand hat dich sabotieren wollen. Das mit Al Capone war nur ein dummer Zufall. Der Ball wäre doch sowieso nicht dahin gerollt, wohin du ihn hast haben wollen.«

»Ich bin menschlich zutiefst enttäuscht!«, erwiderte

Heiner von Hohenschlaufe beleidigt und beklagte sich mit wehleidig-pathetischer Stimme: »Dass ihr von der hohen Kunst des Billardspiels nicht die blasseste Ahnung habt, mag eure dilletantischen Fehleinschätzungen entschuldigen. Doch dass ihr mein Spiel sabotiert, nur weil ich euch zeige, was Weltklasse ist, kann ich nicht entschuldigen.  Nein, von euch hätte ich mehr Anstand erwartet. Dass die eigenen Freunde einem den Dolch in den Rücken stoßen ...«

»Wer stößt hier wem den Dolch in den Rücken? Ich denke, wir haben schon so Schwierigkeiten genug!«, kam Adis Stimme von der Tür.

»Es liegt nicht in meiner Natur, über meine Mitmenschen wenig Schmeichelhaftes in Umlauf zu setzen«, erklärte der Baron hochtrabend. »Deshalb will ich mir die abschließende Bemerkung erlauben: Es ist offenbar nicht jedem gegeben, eine Niederlage wie ein fairer Sportsmann hinzunehmen und die Überlegenheit seines Gegners zu akzeptieren.«

»Dem kann ich nur voll und ganz zustimmen. Ich hätte es nicht treffender formulieren können«, spottete Carlo.

Adi ließ sich in der Sitzecke neben der auf Altenglisch getrimmten Hausbar in einen Sessel fallen. Er stieß einen Seufzer aus, der nichts Gutes verhieß, schleuderte die Schuhe von den Füßen und streckte die Beine aus. Niedergeschlagen und sichtlich erschöpft, starrte er vor sich hin.

Heiner von Hohenschlaufe, Blacky, Carlo und Bodo vergaßen bei seinem Anblick ihre unbedeutende Meinungsverschiedenheit. Ohne erst lange Fragen zu stellen, eilte Blacky zur Bar und mixte einen Drink.

Tino Tran tauchte in der Tür auf, wagte sich aber gar nicht in den Raum. Er sah Adi an, dass er nichts erreicht hatte. Sein sowieso schon kränklich-blasses, schmales Gesicht war noch mehr eingefallen. Kommissar Klicker hatte gesagt, dass er am Montag gezwungen sein würde, ein offizielles Ermittlungsverfahren gegen ihn, Tino Tran, einzuleiten – falls es ihnen bis dahin nicht gelungen war, der Bande von Siggi Zwirbel auf die Spur zu kommen. Und jetzt war schon die Nacht von Samstag auf Sonntag. Es blieben ihnen gerade noch ein Tag und eine Nacht. Wie sollte ihnen das gelingen, wo sie doch noch nicht einmal den Hauch einer Spur hatten?

»Na, du machst ja nicht gerade den Eindruck, als wärest du auf den sprudelnden Quell geheimer Informationen gestoßen«, sagte der Baron ahnungsvoll.

»Sprudelnder Quell?« Adi der Trickser verzog das Gesicht zu einer Grimasse. »Was die verdammte Omelett-Bande angeht, so gibt es darüber in den einschlägigen Kreisen genauso viele Informationen wie Orchideen in der Sahara – nämlich absolut keine. Null! Dabei habe ich nicht einen einzigen miesen Hinterhofschuppen und nicht einen illegalen Spielclub ausgelassen. Ich habe jedem Zuhälter, Taschendieb und Hehler auf den Zahn gefühlt. Und ich bin meinen besten Informanten auf den Pelz gerückt. Absolute Funkstille! Dabei sind da Burschen darunter, die das Gras schon wachsen hören, bevor die Saat noch im Boden ist! Das Einzige, was ich mir eingehandelt habe, sind qualmende Sohlen und ein halbes Dutzend Blasen!«

Tino Tran verdrückte sich ganz still und ohne dass einer seiner Freunde es bemerkte.

»Hier! Trink das!«, forderte Blacky ihn auf und hielt ihm den Drink hin. »Das bringt dich wieder auf Vordermann!«

Adi nahm einen kräftigen Schluck. »Wirklich, sehr erfri…« Er brach mitten im Satz ab und richtete sich im Sessel auf. Seine Augen weiteten sich. Er öffnete den Mund, bewegte den Kiefer und sog dann die Luft tief ein.

»Na, ist das nicht ein feuriges Lebenselixier?«, fragte Blacky mit einem leichten Grinsen auf dem Gesicht.

»Mein lieber Schwan!«, stieß Adi hervor. »Damit holst du sogar eine ägyptische Mumie nach tausendjährigem Pyramidenschlaf ins Leben zurück! Was für ein Teufelszeug hast du da bloß zusammengebraut?«

Blacky strahlte und sagte voller Stolz: »Kein Magier verrät die Tricks seiner Zunft, Adi. Hauptsache, die Wirkung meines Muntermachers stimmt.«

»Und ob die stimmt! Eine Stange Dynamit ist dagegen das reinste Schlafmittel!«

»Dann mixe uns am besten noch zwei von deinen explosiven Muntermachern«, brummte Kommissar Klicker, der soeben das Zimmer betrat und Tino hinter sich herzog. »Unser Freund hier wollte sich schon absetzen. Offenbar ist er vom schleppenden Gang unserer Ermittlungen reichlich frustriert ... und sieht sich schon vom Richter zu ein paar Jährchen Gefängnis verdonnert. Daraus schließe ich, dass Adi auch heute Nacht wenig Glück gehabt hat.«

»Pleite auf der ganzen Linie«, bestätigte Adi und fasste den Kommissar scharf ins Auge. Klicker trug unter seinem Trenchcoat einen rot-blau gestreiften Pyjama und sein Gesicht sah regelrecht verknittert aus. Zweifellos kam er geradewegs aus dem Bett. »Und was gibt es bei Ihnen Neues, Kommissar? Nur weil Sie Lust auf einen feurigen Schluck haben, werden Sie ja wohl kaum um kurz vor eins aus dem Bett steigen und uns besuchen, oder?«

»Sehe ich so aus, als käme ich geradewegs aus dem Bett?«, fragte Klicker.

»Na, direkt taufrisch sehen Sie nicht gerade aus«, meinte Carlo trocken.

»Und die rot-blau gestreiften Beinkleider dürften gleichfalls kaum der derzeitigen Abendmode Rechnung tragen«, fügte der Baron hinzu.

Klicker sah an sich hinunter, lachte kurz auf und ließ

sich dann neben Adi in den Sessel fallen. »Na ja, da ist schon was dran. Mein später Besuch hat wirklich einen triftigen Grund.« Er öffnete seine abgewetzte Aktentasche und holte einen dicken Aktenordner hervor. »Das hat mir ein Kurier aus Frankfurt vor einer halben Stunde ins Haus gebracht. Es ist die komplette Polizeiakte der Omelett-Bande!«

Tino Tran bekam schlagartig ein wenig frische Farbe. In seinen Augen zeigte sich neue Hoffnung. »Und? Haben Sie irgendetwas gefunden, was uns weiterhilft?«

Kommissar Klicker zuckte die Achseln. »Ich will nicht zu viel versprechen. Doch ich habe das Gefühl, als gäbe es endlich einen Silberstreif am Horizont.«

»Mit wem haben wir es denn überhaupt zu tun?«, wollte Adi wissen, der den Dingen gern auf den Grund ging. »Wer ist dieser Siggi Zwirbel, wer gehört zu seiner Gang und von welchem Kaliber sind die Ganoven?«

Der Kommissar schlug die Akte auf und gab seinen Freunden eine kurze Persönlichkeitsbeschreibung der vier Ganoven von der Omelett-Bande. »Bis auf Lilo Linse haben alle schon mehrere Jahre Gefängnis aufgebrummt bekommen. Zwirbel und Nasaletti sind die beiden Gefährlichsten. Zwirbel ist ungeheuer eitel, rechthaberisch und neigt zu unkontrollierten Wutausbrüchen, während dieser Rhino Nasaletti schon mehrfach wegen schwerer Körperverletzung vor dem Richter stand.«

»Und was ist mit diesem Schubi Schlot?«, fragte Blacky.

»Ein Durchschnittsgangster ohne viel Grips und Phantasie. Bei einem Banküberfall legte er sich mit einer Politesse an, die ihm einen Zettel wegen falschen Parkens unter den Scheibenwischer des gestohlenen Fluchtautos klemmen wollte«, berichtete Klicker. »Als seine damaligen Kumpel aus der Bank stürmten, hatte sich ein kleiner Menschenauflauf gebildet. Niemand saß im Fluchtauto, denn dieser Schlot diskutierte aufgebracht mit der Politesse. Den Wagenschlüssel hatte er noch nicht einmal stecken lassen. Schubi Schlot und seine beiden Komplizen wanderten damals geradewegs ins Gefängnis.«

»Diese Persönlichkeitsstruktur kommt mir nicht unbekannt vor«, bemerkte Heiner von Hohenschlaufe und blickte zu Bodo hinüber. Der bekam die Anspielung jedoch nicht mit, lächelte nur belustigt und fuhr fort Al Capone zu kraulen.

»Und wie steht es mit dieser Lilo Linse?«

»Sie stammt aus Bayern und ist bekannt dafür, dass sie grundsätzlich nur im Dirndl herumspaziert. Sie ist extrem kurzsichtig und sieht mit den dicken Brillengläsern geradezu dümmlich aus, doch genau das ist sie nicht«, sagte der Kommissar. »Sie ist gerissen und nicht sehr zimperlich. Das letzte Mal entzog sie sich einer Verhaftung, indem sie den beiden jungen Kriminalbeamten, die mit ihr leichtes Spiel zu haben glaubten, blutige Nasen verpasste und sie mit ihren eigenen Handschellen an ein Heizungsrohr in einer Frankfurter Tiefgarage kettete.«

»Und wo ist der Silberstreif, von dem Sie sprachen?«, fragte Tino Tran voller Ungeduld.

»Lilo Linse ist unser Silberstreif«, erklärte Klicker. »Sie hat nämlich zwei große Schwächen: einflussreiche

Männer von Welt, die in den obersten Kreisen verkehren, und Pferdewetten! Wann immer sie kann, treibt sie sich auf Pferderennbahnen herum und verwettet ihr Geld.«

»Richtig!«, rief Adi. »Fuzzi hat sie ja auch hier auf der Rennbahn getroffen.«

Tino blickte verwirrt drein. »Na und? Ich sehe noch immer nicht, wie uns das weiterhelfen kann.«

»Ich schon«, sagte Blacky mit einem freudigen Leuchten in den Augen. Er hatte genauso wie Adi sofort begriffen, worauf der Kommissar hinauswollte. Er griff zur Tageszeitung, schlug den Anzeigenteil mit den örtlichen Veranstaltungen auf und tippte auf ein großes Inserat. »Hier! Das ist unsere Chance. Morgen findet auf der Bahn von Steinenbrück das letzte große Pferderennen der Saison statt. Die örtliche Makkaronifabrik hat doch für das letzte Hauptrennen einen mit 100 000 Mark dotierten Preis ausgeschrieben. Es wird also viel los sein.«

Der Baron hob die Augenbrauen. »In der Tat! Das Steinenbrücker Makkaroniderby! Das wird sich Lilo Linse kaum entgehen lassen, sofern ihre Wettleidenschaft so ausgeprägt ist, wie der Polizeibericht vermuten lässt.«

»Ich bin sicher, dass sie da auftauchen wird«, sagte Adi. »Eine bessere Möglichkeit, ein paar hundert Blüten an den Mann zu bringen, gibt es doch gar nicht. An den Schaltern der Wettannahme wird morgen die Hölle los sein. Zwölf Rennen stehen auf dem Programm. Welcher Kassierer hat da schon Zeit, ein paar läppische Zehner genauer unter die Lupe zu nehmen.«

Tino Tran blickte erleichtert drein. »Und ihr meint, wir könnten Lilo Linse morgen auf frischer Tat ertappen?«

Der Kommissar zuckte die Achseln. »Meine Hand würde ich dafür nicht ins Feuer legen, aber ich glaube, dass wir eine hervorragende Chance haben. Sollte Lilo auftauchen und ein paar Blüten dabeihaben, wird der Rest ein Kinderspiel sein. Um ihre eigene Haut so teuer wie möglich zu verkaufen, wird sie ihre Komplizen verraten.«

»Aber erst einmal müssen wir sie mit ein paar falschen Zehnern erwischen und dingfest machen«, sagte Carlo nüchtern. »Wir sollten uns deshalb überlegen, wie wir morgen vorgehen wollen.«

Der Baron räusperte sich. »Sagten Sie vorhin nicht, Lilo Linse habe eine Schwäche für einflussreiche Männer von Welt, Kommissar?«

Klicker nickte. »So ist es.«

Heiner von Hohenschlaufe setzte sich in Positur und strich über seinen gepflegten, grauen Schnurrbart. »Nun, da meine Person bei aller Bescheidenheit die Kriterien, die an einen Mann von Welt zu stellen sind, wohl zweifellos mehr als erfüllt, liegt es doch wohl auf der Hand, wie wir morgen vorgehen werden.«

Adi schmunzelte. »Hm, du willst dich als Köder zur Verfügung stellen, keine schlechte Idee. Vorausgesetzt, du bist ihr Typ.«

»Meinem einzigartigen Charme sind schon ganz andere Damen erlegen.« Damit erinnerte der Baron an die Glanzzeiten seines Hochstaplerlebens.

Alles lachte.

»Also abgemacht!«, sagte Adi. »Und jetzt lasst uns die Einzelheiten besprechen. Wir müssen ja irgendeinen Zwischenfall vortäuschen, damit unser Mann von Welt auch Gelegenheit bekommt, sich vor Lilo Linse eindrucksvoll in Szene zu setzen. Ich bitte um Vorschläge, Freunde!«

Ausgerechnet Bananeneis!

»Was für ein prächtiger Spätsommertag! Welch herrlich lindes Lüftchen! Vielleicht gewährt uns der Wettergott auch noch einen wahrhaft goldenen Oktober.« Heiner von Hohenschlaufe atmete tief durch und flanierte beschwingt über die Tribüne der Rennbahn. Es war noch früher Mittag und auf der Bahn fanden unbedeutende Vorrennen statt. Doch schon jetzt herrschte überall ein reges Treiben: bei den Stallungen, wo die Pferde vor jedem Rennen interessierten Besuchern und Wettern vorgeführt wurden, an den zwölf Wettannahmeschaltern, auf der großen Tribüne und im Gartenrestaurant.

»Hör bloß auf, mir die Ohren mit deinen schmalztriefenden Phrasen voll zu sülzen«, beschwerte sich Blacky. »Heb dir dein Geseiche für Lilo Linse auf.«

Der Baron blieb stehen und tippte mit dem Knauf seines Spazierstocks spielerisch gegen die Krempe seines eleganten Bowlers.

Der Hut war so grau und elegant wie Anzug, Weste, gestärkte Hemdbrust und Lackschuhe. Eine herrliche Perle zierte die Nadel, die in seiner grauen Seidenkrawatte steckte. Er bot wahrlich das eindrucksvolle Bild eines Mannes von Welt. »Aber mein lieber Blacky! Deine Verdrossenheit bekümmert mich zutiefst!«

Blacky verzog das Gesicht. »Versuch du mal, dich in diese blödsinnige Chauffeurslivree zu zwängen«, schimpfte er. »Dann vergeht auch dir die Lust daran, blumige Reden zu schwingen! Zwei Stunden latsche ich mit dir hier schon in dieser verfluchten Zwangsjacke auf und ab. Eigentlich hätte Tino diesen Part übernehmen müssen.«

»Wir können froh sein, auf die Schnelle und dazu auch noch an einem Sonntag eine solche Uniform aufgetrieben zu haben«, hielt der Baron ihm vor. »Und Tino hätte in der Livree ausgesehen wie eine Vogelscheuche und nicht wie der Chauffeur eines vermögenden Weltmannes.«

Blacky murmelte eine brummige Erwiderung und beneidete seine Freunde, die sich über das Gelände der Rennbahn verteilt hatten und nach Lilo Linse Ausschau hielten – und zwar ohne dass ihnen eine enge Livree die Luft abwürgte.

Heiner von Hohenschlaufe wandte sich um und suchte Bodo, der sich immer in ihrer Nähe aufhalten sollte. Der ehemalige Boxer war nicht zu übersehen. Er war zehn Schritte hinter ihnen. Sein Kopf mit der superkurzen Meckifrisur ragte aus der Menge heraus.

Der Baron wollte gerade zu den Stallungen, als ein hohes Piepen aus Blackys Hosentasche klang. Schnell holte Blacky das flache Sprechfunkgerät hervor, zog die Antenne heraus und meldete sich.

»Ich bin's, Carlo!«, drang es aus dem Minilautsprecher. »Macht euch bereit für euren Auftritt. Lilo Linse ist gerade gekommen!«

Das war eine freudige Nachricht. »Wo ist sie jetzt?«

»Na, wo schon? Sie ist sofort zur Wettannahme gestürzt. Sie geht von einem Schalter zum andern. Ich glaube, sie wettet auf jedes Pferd – natürlich mit Blüten. Gewinnen tut sie dann sauberes Geld. Sie trägt eine reichlich große Handtasche und das spricht wohl für sich. Jetzt seid ihr an der Reihe!«

»Verstanden«, antwortete Blacky. »Sag den anderen Bescheid. Ich geb Bodo das verabredete Zeichen.«

»Zeit für unseren Auftritt, nehme ich an«, sagte Heiner von Hohenschlaufe und zupfte seine seidene Krawatte zurecht.

»Ja, Zeit für deine öligen Sprüche«, erwiderte Blacky, wandte sich um und gab Bodo mit einem Handzeichen zu verstehen, dass es jetzt so weit war.

Bodo nickte und folgte ihnen zurück in die zur Tribüne hin offene Halle, wo sich die zwölf Schalter der Wettannahme befanden.

»Da ist sie!«, rief Blacky mit unterdrückter Stimme und deutete mit dem Kopf auf den Schalter Nummer 5. Lilo Linse blätterte gerade ein paar Scheine hin, erhielt ihren Wettschein und trat dann aus der Reihe. Sie trug ein reichlich eng anliegendes Dirndl in den bayerischen Landesfarben Weiß-Blau, dazu weiße Ringelstrümpfe bis unter die Knie, derbes Schuhwerk und ihre strohgelbe Perücke, der man auf den ersten Blick ansah, dass sie vom Ramschtisch kam.

»Sie zu übersehen, dürfte selbst einem fast blinden Zeitgenossen schwer fallen«, bemerkte der Baron säuerlich.

Blacky grinste schadenfroh. »Was ist, Heiner? Ist diese Lilo nicht deine Kragenweite? Einer zweiten Marilyn Monroe sieht sie ja nicht gerade ähnlich«, spottete er. »Aber vielleicht erblüht sie zu ungeahnter Schönheit, wenn du deinen betörenden Charme versprühst. Oder hast du bei so einem Flintenweib Ladehemmung, du Exmeister aller Hochstapler?«

Heiner von Hohenschlaufe warf seinem Freund einen geringschätzigen Blick zu. »Spar dir deine anzüglichen Bemerkungen, Pfannenschwenker! Ich werde dir zeigen, wie man mit Charme und weltmännischem Auftreten auch eine gerissene Ganovenbraut um den kleinen Finger wickelt.«

»Auf die Liebesarien auf der Gummigeige bin ich mal gespannt«, frotzelte Blacky. »Es geht los, Heiner. Bodo ist bereit!«

Wie vorher ausgemacht, hatte sich Bodo indessen an einem kleinen Stand ein großes Eis gekauft. Vier, fünf Kugeln Fruchteis türmten sich auf dem Waffelhörnchen. Er nickte Heiner und Blacky kurz zu und schlenderte dann scheinbar ganz in Gedanken versunken auf Lilo Linse zu.

Auch Blacky und der Baron setzten sich nun in Bewegung, näherten sich ihr von der anderen Seite. Der Baron tat dabei so, als würde er das Programmheft studieren.

Bodo der Bomber machte seine Sache ausgezeichnet. Adi hatte ja auch viel Zeit aufgewandt, um ihm einzubläuen, was er wie zu tun hatte. Aber manchmal half auch das nicht. Diesmal jedoch bestand kein Grund zur Klage. Bodo spazierte an Lilo Linse vorbei, leckte genüsslich an seinem Rieseneis, blieb einen Schritt vor ihr stehen – und wandte sich dann abrupt um, als wäre ihm soeben eingefallen, dass er eigentlich ganz woandershin wollte.

Zwangsläufig stieß er mit Lilo Linse zusammen. Erschrocken blickte sie auf und stieß dann einen hellen Schrei aus, als der überhängende Eisberg von der Waffel kippte und ihr ins offenherzige Dirndldekolletee rutschte.

Bodo machte ein betroffenes Gesicht und trat einen halben Schritt zurück, den Blick auf das Erdbeer- und Bananeneis gerichtet, das nun wie ein merkwürdig poppiges Schmuckstück auf ihrer vollen Brust prangte. »Oh … d-d-das … w-w-wollte ich … nicht … Entschuldigen … Sie«, stammelte er und machte Anstalten, das Eis von ihrer Brust zu wischen.

Nun griff der Baron ein. »Werden Sie wohl Ihre dreckige Hand vom Dekolletee der Dame nehmen!«, herrschte er Bodo an und schlug ihm mit dem Spazierstock quer über die Handfläche.

Bodo hatte die Kugel Erdbeereis schon mit den Fingerspitzen berührt, als ihn Heiners Schlag traf – und er den Eisklumpen noch tiefer in das Mieder drückte.

»Ich werde Ihnen zeigen, wie man mit einem ungehobelten Flegel Ihrer Sorte umzuspringen hat!«, empörte sich der Baron. »Einer Dame von so …«

Weiter kam er nicht.

Lilo Linse hatte sich vom eisigen Schock erholt – und schnitt ihm mit keifender Stimme das Wort ab. »Lassen Sie wohl den armen Mann in Frieden? So ein Missgeschick kann doch jedem mal passieren, Sie aufgeblasener Wichtigtuer!«

»Aber gnädige Frau …«, setzte Heiner von Hohen-

schlaufe zu einer Erwiderung an, von ihrer heftigen Reaktion völlig überrumpelt.

»Ich bin nicht Ihre gnädige Frau! Und jetzt machen Sie, dass Sie Land gewinnen, verstanden? Na los, gehen Sie mir aus dem Weg!« Wütend holte Lilo Linse mit ihrer großen Handtasche aus, als der Baron nicht daran dachte, das Feld so unrühmlich zu räumen, und schlug zu.

Die Handtasche erwischte den Baron nicht ohne Wucht, fegte ihm den eleganten Bowler vom Kopf und ließ ihn ein wenig benommen zurücktaumeln.

Im nächsten Moment regnete es Zehmarkscheine. Der Baron glaubte erst an eine Halluzination, die er dem Volltreffer zu verdanken hatte. Doch dann ging ihm auf, dass sich der Verschluss der Handtasche beim Aufprall geöffnet haben musste. Nun flog der Inhalt der Tasche, der zum größten Teil aus dutzenden von falschen Zehnern bestand, in allen Richtungen davon.

Bodo der Bomber bekam einen der durch die Luft flatternden Scheine zu fassen und rief fasziniert und ohne nachzudenken: »Das sind die tollen Zehnerblüten, nicht wahr?«

Lilo Linse warf ihm einen ungläubigen, entsetzten Blick zu und reagierte trotz des Schrecks mit erstaunlicher Schnelligkeit.

Blacky war bei Bodos Worten vorgestürzt, um Lilo Linse festzuhalten. Doch auch er fing sich nun einen kraftvollen Schlag mit der Handtasche ein, der ihn ins Wanken brachte. Lilo Linse nutzte den Moment der Verwirrung und suchte ihr Heil in der Flucht.

»Los, ihr nach!«, keuchte der Baron, bückte sich hastig nach seinem Bowler und rief Bodo zu: »Warum konntest du nicht den Mund halten, du elender Hornochse!«

»Aber es *sind* doch Blüten, oder?«, fragte Bodo, sich keiner Schuld bewusst.

»Lasst die Quatscherei! Du hast ja auch nicht gerade eine glanzvolle Vorstellung hingelegt«, sagte Blacky, während sie sich einen Weg durch die Menge bahnten. Lilo Linse rannte die breite Treppe zum Ausgang hinunter. »Von wegen Charme und weltmännischem Auftreten! Statt sie um den kleinen Finger zu wickeln, hast du dir von ihr einen saftigen Schwinger verpassen lassen!«

»Ein betrübliches Beispiel dafür, dass es überall ungehobelte Menschen gibt, die einen stinkenden Schafsköttel nicht von einer edlen Perle unterscheiden können!«, antwortete der Baron mit mühsam beherrschtem Zorn.

»Wenn sie uns jetzt bloß nicht entkommt!«, fluchte Blacky.

»Da steht ja Tino!«, rief Bodo, der Blacky und Heiner eingeholt hatte. »Hoffentlich lässt er sie nicht entwischen!«

Tino Tran hatte beim Ausgang an den gläsernen Drehtüren Posten bezogen. Unruhig ging er auf und ab. Plötzlich hörte er oben auf der schmalen Treppe ärgerliche Rufe. Er blickte hoch und sah, wie Lilo Linse sich rücksichtslos einen Weg durch die Menge bahnte. Im nächsten Moment bemerkte er Blacky, Heiner und Bodo, die gut zwanzig Meter hinter ihr lagen.

»Ach du grüne Neune!«, murmelte Tino erschrocken,

als ihm aufging, dass es nun von ihm abhing, ob Lilo Linse entkam oder nicht. Klicker, Adi und Carlo hatten sich ganz woanders postiert. Und wenn Lilo es schaffte, an ihm vorbeizukommen, war sie gerettet. Draußen gab es genügend Möglichkeiten, einen Verfolger abzuschütteln.

Tino dachte an die Geschichte von den beiden Kriminalbeamten, die Lilo außer Gefecht gesetzt hatte, und ihm wurde ganz flau im Magen. Er war alles andere als ein rauer Bursche, der mit Muskelkraft seinen Mann stehen konnte. Er bekam ja schon Muskelkater in den Oberarmen, wenn er die schweren Hotelbücher mehrmals am Tag hin und her schleppte. Nein, er musste sich irgendetwas einfallen lassen, wenn er ihre Flucht vereiteln wollte.

Lilo Linse rannte genau auf die Drehtür zu, an der er stehen geblieben war. Sie beachtete ihn überhaupt nicht, was bei seinem unscheinbaren Aussehen nicht verwunderlich war.

Vier, fünf Schritte war sie nur noch von ihm entfernt.

Heiliger Sebastian, steh mir bei!, flehte Tino Tran im Stillen. Im selben Augenblick fiel sein Blick auf den Fußschalter, mit dem man die Verriegelung der Drehtür auslöste.

Er wusste nicht, wie der Mechanismus funktionierte und was passieren würde, doch er hoffte, dass irgendetwas passierte, was Lilo Linse zumindest lange genug aufhielt, damit Blacky, Heiner und Bodo sie einholen konnten.

Mit dem Schuhabsatz trat er auf den

Schalter. Ein daumendicker Stahlstift schoss aus dem Boden, klinkte in eine Halterung an einem der vier Flügel der Drehtür ein und blockierte sie.

Lilo Linse rannte mit voller Wucht und ausgestreckten Händen gegen die Tür, in der Hoffnung, die Flügel in Bewegung setzen zu können. Doch sie lief gegen eine gläserne Wand.

Es gab einen dumpfen Laut. Einen Augenblick blieb sie aufrecht stehen, den glasigen Blick auf die Scheibe gerichtet. Dann drang ein seltsames, irgendwie erstaunt klingendes Glucksen aus ihrer Kehle – und sie sackte bewusstlos in sich zusammen.

Tino fing sie auf.

Blacky lachte erlöst und erheitert zugleich, als er das sah. »Du wirfst dich schwer in Schale und markierst den Grafen Koks von der Gasanstalt, Heiner, ohne bei ihr auch nur den geringsten Eindruck zu schinden – und vor unserem unscheinbaren Tino streckt sie die Waffen und sinkt ihm sogar noch in die Arme!«

Der Baron ersparte sich eine Erwiderung. Schließlich hatten sie Lilo Linse auf frischer Tat ertappt. Damit war sie reif und sie würde singen wie ein Schwarm Nachtigallen, um als Kronzeugin der Anklage gegen die Omelett-Bande mit einer milden Gefängnisstrafe davonzukommen.

Na warte, Siggi Zwirbel!, dachte er grimmig. Jetzt konnte die richtige Abrechnung mit der Omelett-Bande beginnen. Und wie er seine Freunde kannte, würden sie Klicker gegenüber darauf bestehen, mit den Gangstern eigenhändig und ohne Polizeiunterstützung abzurechnen.

Die drei Gangster blickten von ihrem Pokerspiel auf, als das Telefon in der Küche des Gutshofes schrillte. Schubi Schlot machte Anstalten, seine langen Beine unter dem Tisch zu entwirren und sich zu erheben.

»Mach dir nicht die Mühe, deine Stelzen zu sortieren«, sagte Siggi Zwirbel verdrossen, knallte sein mieses Blatt auf die Tischplatte und stand auf. Er konnte einfach nicht verstehen, dass sein dümmlicher Komplize so gut bluffen konnte und zudem auch noch ständig ein erstklassiges Blatt in die Hand bekam. Er gewann fast jedes Spiel.

Der Bandenboss ging zu den aufgestapelten Kartons mit Falschgeld und hob den Hörer ab. »Ja?«, fragte er barsch.

»Hallo, Siggi, ich bin es.«

»Lilo?«, stieß der Gangster überrascht hervor. »Warum rufst du an? Wir hatten doch ausgemacht ...«

»Nun stell mal den Strom ab!«, unterbrach sie ihn.

»*Was* soll ich tun?«

»Die Luft anhalten und mir zuhören, Mann! Ich liege nämlich in einem verdammten Krankenhaus!«

»Wenn du mich verarschen willst ...«

»... würdest du es so schnell gar nicht kapieren«, fiel sie ihm gereizt ins Wort. »Ich habe nicht viel Zeit, Siggi. Eigentlich dürfte ich überhaupt nicht telefonieren. Wenn mich eine der Schwestern dabei erwischt, gibt es Rabatz.«

»Du bist wirklich im Krankenhaus!?« Siggi Zwirbel blickte verstört zu seinen beiden Komplizen hinüber, die seinen Blick mit der gleichen ungläubigen Überraschung erwiderten. »Sag bloß, dir ist auf einmal die hirnrissige Idee gekommen, dir endlich die beiden Hühneraugen entfernen zu lassen.«

»Du musst 'nen Sprung in der Schüssel haben, mir so etwas zu unterstellen«, fauchte Lilo Linse. »Ich bin von einem Motorradfahrer angefahren worden, als ich über die Straße ging, und schwer gestürzt. Filmriss. Als ich mit wahnsinnigen Kopfschmerzen wieder aufwachte, lag ich schon im Krankenhaus.«

»Hast du dir was gebrochen?«

»Wie soll sich Lilo bei ihren Speckrollen auch nur irgendwas brechen können«, brummte Schote.

»Nee, hab nur 'ne Gehirnerschütterung«, erklärte Lilo. »Der Knochenflicker, mit dem ich vorhin gesprochen habe, meint, ich müsse 'n paar Tage im Bett bleiben. Aber dem puste ich was. Morgen mache ich hier den Abgang. Gegen meinen Willen können sie mich ja nicht festhalten.«

»Morgen? Aber heute Abend ist doch schon das Treffen mit Kuno Krawallski!«, rief Siggi Zwirbel in den Hörer. »Ich habe mit dem Burschen noch nie zu tun gehabt und da kann es doch auf jeden Mann ankommen … immerhin geht es um einen Haufen Geld!«

»Na und? Auf Krawallski ist Verlass. Außerdem bringt er nur einen Mann mit. Und das Treffen findet ja auch auf neutralem Boden statt. Sag bloß, ihr drei könnt das Geschäft ohne mich nicht abwickeln!?«

»Red keinen Stuss!«, erklärte Siggi hastig. »Uns kann keiner. Und wenn dieser Krawallski 'ne krumme Tour versucht, werde ich ihm eine verpassen, dass er hinterher auf seinen lockeren Zähnen Klavier spielen kann.«

»Na also. Warum machst du denn erst so ein Trara?«

»Weil es mir nicht passt, dass du nicht hier bist!«

»Mensch, kann ich was dafür, dass mich dieser Depp mit seinem frisierten Ofen umgenietet hat? Ich hab mich um diese blöde Gehirnerschütterung ja nicht geprügelt. Morgen rausche ich ab. Doch diese Nacht muss ich zur Beobachtung bleiben. Ihr werdet es wohl einmal ohne mich aushalten können ... und vor Sehnsucht bestimmt nicht um den Schlaf kommen, oder?«

»Worauf du deine Perücke vom Trödelmarkt verwetten kannst, Lilo!«

»Na also! So, und jetzt muss ich Feierabend machen. Ich glaube, da kommt diese zickige Schnepfe von einer Schwester mit 'ner Pferdespritze. Bis dann, Siggi!« Sie legte auf.

Der Bandenboss knallte den Hörer auf die Gabel. »Eine Unverschämtheit, sich an so einem wichtigen Tag 'ne Gehirnerschütterung verpassen zu lassen, sich ins Bett zu legen ... und dann noch so dreist mit mir zu sprechen!«, empörte er sich und zwirbelte die Enden seines Bartes. »Sie hat ja gerade so getan, als wären wir ohne sie aufgeschmissen.«

»Habe ja immer gesagt, dass Lilo 'ne reichlich dicke Lippe riskiert«, meinte Schote. »War mir immer ein Buch mit sieben Siegeln, warum du sie in die Bande aufgenommen hast.«

Siggi Zwirbel schaute finster drein. »Das war wohl mein weiches Herz«, sagte er theatralisch. »Aber damit ist es vorbei. Meinetwegen kann sie bleiben, wo der Pfeffer wächst. Wir machen das Geschäft ohne sie – und zwar nicht nur heute Nacht. Wenn Lilo morgen hier aufkreuzt, wird sie von uns keine Spur mehr vorfinden,

Freunde. Wir verladen unseren Kram und nisten uns irgendwo im Süden ein. Ab jetzt wird der Kuchen nur noch durch drei geteilt!«

Kommissar Klicker schaltete das Tonband ab, mit dem er das Telefongespräch zwischen Lilo Linse und Siggi Zwirbel mitgeschnitten hatte. Er war zufrieden. Der Gangsterboss war zwar wütend, hatte ihr die Geschichte mit der Gehirnerschütterung jedoch abgenommen. »Das klappte ja ausgezeichnet«, lobte er. »Siggi Zwirbel wird das Treffen mit Kuno Krawallski also nicht absagen.«

»Ich bin dafür, dass sie uns noch einmal ganz genau erzählt, wie sich Omelett das Treffen auf dem Schrottplatz vorgestellt hat«, meldete sich Adi zu Wort, der mit seinen Freunden im Büro des Kommissars saß. »Immerhin werden *wir* es ja sein, die heute Nacht mit Omelett, Schubi Schlot und Rhino Nasaletti fertig werden müssen ...«

»Ich denke, ihr besteht darauf?«, fragte Klicker mit sanftem Spott.

Der Baron nickte. »Das tun wir auch, Kommissar. Diese Arbeit lassen wir uns von keinem Polizeitrupp abnehmen. Das regeln wir auf unsere Art.«

Adi der Trickser nickte bekräftigend. Klicker war ihnen viel mehr als diese eine Gefälligkeit schuldig und das wusste er auch. »Vertrödeln wir nicht die Zeit, sondern kommen wir zurück zur Sache«, sagte er zu Lilo Linse. »Also, wir hören ...«

Die Omelett-Falle

Carlo verschmolz mit den Grau- und Schwarztönen der Nacht. Mit schnellen, geschmeidigen Bewegungen kletterte er über den Zaun, der den Schrottplatz umgab. Lautlos wie eine Katze. Es war, als hätte dieser handtuchschmale, dunkel gekleidete Mann überhaupt keinen Bodenkontakt und als schwebe er über alle Hindernisse.

Fassaden-Carlo war in seinem ureigensten Element und er genoss jeden Augenblick.

Lilo Linse hatte ihnen von dem Gutshof erzählt. Doch Klicker und Adi hatten sich dagegen ausgesprochen, die Omelett-Bande dort zu überrumpeln. Der Gutshof war wie eine Festung gebaut und bot den Gangstern zu viele Möglichkeiten, sich zur Wehr zu setzen. Sie hatten sich deshalb dafür entschieden, die drei Gangster auf dem Schrottplatz zu überwältigen. Und was Kuno Krawallski und seinen Begleiter betraf, so hatte Kommissar Klicker schon alles Nötige veranlasst. Ein falsches Umleitungsschild würde den Hehler aus Frankfurt erst einmal in die Irre leiten – und dann würde sich eine von Klicker genau instruierte Polizeistreife um die beiden anreisenden Ganoven kümmern.

Carlo blieb kurz im tiefschwarzen Schlagschatten

einer Halde aus Kotflügeln stehen. Er trug Turnschuhe, ganz weiche Handschuhe und um den Hals an einem Sicherungsriemen das kleine Walkie-Talkie.

Er lauschte in die Nacht. Kein Geräusch. Nichts. Demnach stimmte es, was Lilo Linse gesagt hatte. Es gab hier keinen Nachtwächter mehr. Der Besitzer des Schrottplatzes, der in Zahlungsschwierigkeiten geraten war, hatte ihn vor einer Woche entlassen; garantiert hatte er im Moment ganz andere Sorgen als ein paar möglicherweise geklaute Schrottteile.

»Die Luft ist so rein wie im Winter in Sibirien«, flüsterte er in das Sprechfunkgerät.

»Und was zeichnet einen sibirischen Winter aus?«, drang die gedämpfte Stimme des Barons aus dem Lautsprecher des Funkgerätes.

»Dass sich kein Schwein draußen blicken lässt«, frotzelte Carlo. »Melde mich wieder vom Kran!«

Carlo schlich weiter. Der Schrottplatz war sehr groß und viele Schrotthalden lagen um die Schrottpresse, den lang gestreckten Lager- und Arbeitsschuppen und das kleine Bürohaus aus rot-braunen Backsteinen herum. Mehrere Schienenstränge, auf denen ein hoher Kran mit Ausleger und Baggerkralle am Ende des Stahlseils fahren konnte, führten von der Presse aus durch das Labyrinth der Schrotthalden, die sich wie bizarre, zerklüftete Felsberge in den Nachthimmel auftürmten: Es waren Berge aus demolierten Pkws, ausgeschlachteten Lastern, Kühlschränken, Waschmaschinen, Leitungsrohren, Kabelrollen, Batterien, Motorhauben, Seitentüren, Chromleisten, Stoßstangen, verbogenen Motorrad- und Fahrradteilen, metallenen Kesseln und Kübeln aller Art,

Blechen, Pumpen, Fässern, Kannen, Kanistern, Autoreifen aller Größen und aus unzähligen anderen Dingen, die auf ihrem letzten Weg hier gelandet waren.

Geduckt huschte Carlo über den Platz zwischen Schrottpresse und hoch aufragendem Kran. Er wich einer großen Regenpfütze aus, hatte dann den schweren, auf Schienen ruhenden Sockel des Krans erreicht und begann den Aufstieg in Schwindel erregende Höhe. Sicher und flink wie ein Affe kletterte er zur Kanzel hinauf und wagte sich bis ans Ende des Auslegers. Von hier oben aus hatte er einen phantastischen Rundblick.

Er ließ sich Zeit und suchte den ganzen Platz ab. Erst als er sich absolut sicher war, völlig allein auf dem Schrottplatz zu sein, griff er nach seinem Walkie-Talkie.

»Okay, Freunde, ihr könnt anrücken. Wir haben die Spielwiese vorläufig ganz für uns allein. Ihr könnt kommen und euch häuslich niederlassen.«

»Gut. Wir rücken vor«, meldete sich der Baron.

»Sag mal, baumelst du wirklich da oben an dem Kran?« Es war Tinos ungläubige Stimme, die aus Carlos Funkgerät drang.

»Ich baumele nicht, sondern ich liege hier ganz gemütlich, Tino. Hier ist es wie im Olymp.«

»Ich ziehe da mehr den Boden vor ... Jaja, Adi, ich höre ja schon auf zu quatschen. Also, Carlo, wir machen uns auf die Socken. Wenn irgendetwas Wichtiges passiert, warnst du uns doch, nicht wahr?«

111

»Na klar ... ich schicke euch einen Blitz hinunter«,
zog Carlo ihn auf und beobachtete, wie nun drei Gestal-
ten aus dem verwilderten Gestrüpp an der hinteren
Zaunfront des Schrottplatzes kamen. Es waren Tino,
Blacky und der Baron. Adi, der die Rolle von Krawallski spielen sollte, hatte darauf bestanden, dass Bodo
nicht von seiner Seite wich. Er wollte ihn unter ständi-
ger Kontrolle haben. Der Patzer, den Bodo sich auf der
Rennbahn erlaubt hatte, war bei ihnen allen noch zu
frisch in Erinnerung.

Blacky schleppte eine ausziehbare Aluminiumleiter
mit. Belustigt verfolgte Carlo von seinem luftigen Be-
obachtungsposten aus, wie seine drei Freunde ihre
liebe Müh und Not mit dem Überwinden des Zaunes
hatten.

Sie versteckten die Leiter und liefen dann in Richtung
Kran. Dort trennten sie sich und jeder verschwand irgendwo zwischen den Schrottbergen.

»Wie sieht es von da oben aus?«, fragte Adi über
Sprechfunk bei Carlo an. »Haben sie gute Posten bezogen?«

»Alles in Butter, Adi«, versicherte Carlo. »Blacky,
Tino und der Baron haben sich in den drei großen Gas-
sen hinter den Gebäuden versteckt. Den vierten Haupt-
weg, der vom Platz zum Tor führt, musst du mit Bodo
abriegeln.«

»Alles klar, Carlo. Warten wir also auf Siggi Zwirbel
und seine Brüder. Wenn sie was auf Pünktlichkeit ge-
ben, müssten sie ja bald erscheinen.«

Zwanzig Minuten später, um halb elf, tauchte eine
schwarze Mercedes-Limousine mit Anhänger vor dem

Doppeltor des Schrottplatzes auf. Zwei Männer, bei denen es sich, ihrer Größe nach zu urteilen, um Schubi Schlot und Rhino Nasaletti handeln musste, stiegen aus und machten sich am Schloss zu schaffen. Sie brauchten nur ein paar Minuten, um es zu knacken, und stießen die beiden Metalltore dann weit nach innen auf.

»Adi, unser Eierfreund fährt soeben mit seinem Schlitten vor«, meldete Carlo weiter. »Er hat einen Anhänger dabei, der sichtlich schwer beladen ist. Sie halten mitten auf dem Vorplatz … Jetzt steigen sie aus … Ja, es ist Omelett mit seinen Schurken. Einer schlägt die Plane vom Anhänger zurück. Sie haben Kisten geladen … Kisten voller Blüten.«

»Okay, wir setzen uns in Marsch. Schalte dein Walkie-Talkie auf Frequenz 2 um und gib den anderen Bescheid, dass die Vorstellung in ein paar Minuten beginnt. Es muss blitzschnell gehen!«, klang Adis Stimme aus dem Walkie-Talkie.

»Werd's ihnen noch mal einbläuen, Adi.«

»Übrigens hat Klicker gerade eine Meldung von Koopmann, seinem Assistenten, reinbekommen«, meldete sich Adi noch einmal. »Die Streife hat Krawallski und seinen Begleiter verhaftet. Wegen unerlaubten Waffenbesitzes und Tätlichkeit gegen die Staatsgewalt. Sie wollten den Streifenpolizisten an den Kragen.«

»Spitze! Jetzt fehlt uns also nur noch Omelett mit seinen Spießgesellen! Viel Glück, Adi!«

Adi der Trickser lenkte den dunkelblauen Ford Transit über die Zufahrtsstraße zum Schrottplatz. Der geschlossene Kleintransporter trug ein Frankfurter Nummernschild. Es war gar nicht so leicht gewesen, auf die Schnelle einen Mietwagen mit dem passenden Kennzeichen aufzutreiben.

Der hohe Zaun mit dem offen stehenden Doppeltor schälte sich vor ihnen aus der Dunkelheit. In wenigen Minuten würde es zum alles entscheidenden Zusammentreffen mit Siggi Zwirbel und seinen beiden Komplizen kommen.

»Gleich heißt es verdammt aufpassen, Bodo!«, sagte Adi und verlangsamte das Tempo. »Ich hoffe, du hast nicht schon wieder vergessen, was ich dir vorhin eingetrichtert habe.«

»Jedes Wort habe ich behalten!«, versicherte Bodo der Bomber eifrig.

»So? Was sollst du denn tun, falls es gleich zu einem Handgemenge mit den Gangstern kommt?«, wollte Adi wissen, aus Erfahrung misstrauisch.

»Na, gehörig unter ihnen aufräumen!«

»Richtig, aber nimm das bloß nicht wieder wortwörtlich!«, ermahnte Adi ihn. »Nicht, dass du gleich anfängst, den Platz zu fegen und den Schrott umzuräumen, während wir um unser Leben kämpfen. Wir müssen die Gangster so schnell wie möglich kampfunfähig machen. Und das wird uns nur gelingen, wenn auch du ordentlichen Wirbel veranstaltest!«

»Klar doch, Adi! Du kannst dich auf mich verlassen. Und was für einen Wirbel ich veranstalten werde! Ein Tornado wird eine laue Brise dagegen sein!«, versprach Bodo und warf sich in die Brust. Er empfand es als besondere Auszeichnung, dass Adi gerade ihn zum Begleiter bestimmt hatte.

Der Ford Transit passierte das Tor.

Adi stutzte plötzlich. »Sag mal, hast du etwa Al Capone mitgenommen?«, fragte er und blickte zu Bodo hinüber.

»Al Capone? Ich? Wie kommst du denn darauf?«

»Mir war, als hätte ich ein leises Miauen gehört«, erwiderte Adi.

»Ich habe nichts gehört«, sagte Bodo und verschwieg, dass Al Capone in der Tat mit von der Partie war. Und zwar hockte er in der tiefen Kapuze der warmen Joggingjacke, die er sich übergezogen hatte.

Adi ging der Angelegenheit nicht weiter nach, weil dazu keine Zeit mehr war. Außerdem nahm er an, dass Bodo doch so vernünftig sein würde, den Kater bei solch einem gefährlichen Unternehmen zu Hause zu lassen.

Die Scheinwerfer des Kleintransporters glitten über den Vorplatz bei der Schrottpresse und erfassten den schwarzen Mercedes samt Anhänger.

»Gleich beginnt der Tanz«, murmelte Adi und sein ganzer Körper war angespannt. Er stellte den Wagen ein wenig quer vor den Mercedes und schaltete die Scheinwerfer auf Standlicht. Lilo Linse hatte ihnen zwar berichtet, dass keiner der Omelett-Bande einen von ihnen je zu Gesicht bekommen hatte und nicht wusste, wie sie aussahen. Das galt auch für Kuno Krawallski und seinen Begleiter. Dennoch musste die Szene nicht gerade in Flutlicht getaucht sein.

Adi stieß die Tür auf, stieg aus und ging auf die drei Gangster zu, die neben dem Anhänger standen. Mit einer Mischung aus freudiger Erwartung und Misstrauen musterten sie ihn.

»Du musst Siggi Zwirbel sein«, sagte Adi leutselig, ging mit breitem Grinsen auf den zierlichen Anführer der Omelett-Bande zu und streckte ihm die Hand hin. »Einen prächtigen Treffpunkt hast du dir da ausgesucht. Aber was tut der Mensch nicht alles, um seinen Lebensunterhalt zu bestreiten, nicht wahr?«

Der Gangsterboss erwiderte das Grinsen. »Bist ja auf die Minute pünktlich, Krawallski. Wollen wir gleich anfangen?«

»Logo, lass mal sehen, was für Blüten du anzubieten hast«, sagte Adi, ganz der geschäftstüchtige Hehler.

Bodo war indessen ausgestiegen und näherte sich der Viergergruppe. Es war Schote, der den bärenstarken Ex-boxer wieder erkannte. Er hob gerade einen Karton mit Falschgeld vom Anhänger und blieb dann wie erstarrt stehen. Einen Augenblick starrte er Bodo ungläubig an.

»He, Schote? Was ist?«, fragte Omelett verwirrt.

Schote ließ den Karton fallen, fasste unter seine Jacke und zog einen Revolver hervor. Er schwenkte die Waffe zwischen Bodo und Adi hin und her. »Das hier ist nicht Krawallski mit seinem Begleiter!«, schrie er. »Der Mistkerl mit dem Mecki ist einer von der Adi-Clique!«

»Verdammt, Schote hat Recht!«, rief Schubi Schlot nun. »Er war es doch, der uns im Hotelflur überrascht hat!«

»Das ist 'ne verfluchte Falle, Boss!«, stieß Schote hervor und trat auf Bodo zu. »Los, heb die Flossen hoch und dreh dich um, sonst verpasse ich dir 'n drittes Nasenloch! Hoch die Quanten!«

Siggi Zwirbel war sprachlos vor Schreck.

Adi hatte das Gefühl, als würde sich der Boden unter

ihm öffnen. »Bodo, du kennst die beiden?«, brachte er mit bebender Stimme hervor.

Bodo hob langsam die Hände über den Kopf und zuckte dabei die Achseln. »Ja, ich glaube, die beiden Herren waren bei uns im Hotel schon mal zu Gast. Ich … ich erinnere mich aber nur dunkel daran.«

»Ja, das merke ich, du Volltrottel!«, stöhnte Adi.

»Es tut mir wirklich Leid, Adi …«

»Schnauze! Dreh dich um und geh zurück zum Wagen!«, befahl Schote.

Bodo gehorchte.

Der gedrungene Gangster mit der gewaltigen Knollennase trat hinter ihn und stieß ihm die Revolvermündung zwischen die Schulterblätter.

Das hätte er besser nicht getan. Denn von diesem unsanften Stoß wurde Al Capone hinten in der Kapuze aufgeschreckt, fuhr hoch, sah ganz nah vor sich ein wütend verzerrtes Gesicht – und griff instinktiv an. Mit einem Satz sprang der Kater dem Gangster ins Gesicht und verkrallte sich in die große Knollennase. Dabei fauchte er wild.

Der Gangster stieß einen gellenden Schrei aus und ließ die Waffe fallen. Er wankte zurück und brüllte wie am Spieß. Der pechschwarze Kater hing noch immer an seiner Nase und war nicht abzuschütteln.

Blacky, Tino, Carlo und der Baron hatten, starr vor Entsetzen, verfolgt, wie Schote plötzlich den Revolver zog. Sein gellender Schrei ließ sie wieder lebendig werden. Tino und Blacky stürzten aus ihren Verstecken. Der Baron dagegen blieb in Deckung – und betätigte die Handkurbel der alten Feuerwehrsirene, die er zwischen all dem Schrott gefunden hatte. Ein anschwellender, heulender Sirenenton schallte über das Gelände.

»Bodo! An die Arbeit!«, brüllte Adi und versuchte sich nach dem Revolver zu bücken.

Doch Schubi Schlot kam ihm zuvor. Mit einem Tritt beförderte er die Waffe außer Reichweite. Sie schlitterte über den Platz und verschwand unter einem Gewirr von Rohren und Heizungskörpern. Fast gleichzeitig verpasste er Adi einen Schwinger, der ihn benommen zu Boden gehen ließ.

»Das will ich aber nicht gesehen haben!«, rief Bodo wütend, stürzte sich auf den über zwei Meter großen Gangster und warf ihn um. Dann packte er ihn an den Fußgelenken und wirbelte ihn im Kreis durch die Luft. Hatte er Adi nicht versprochen, für Wirbel zu sorgen?

Schote war es inzwischen gelungen, seine Nase vor den scharfen Krallen des Katers in Sicherheit zu bringen. Er hatte Tränen in den Augen – vor Schmerz und grenzenloser Wut.

Es war Pech, dass gerade Tino Tran ihm in diesem Zustand in die Arme lief. Schote schnappte sich eine verbogene Stoßstange und drang damit auf ihn ein. Aber Tino hatte sich in weiser Voraussicht mit einer verrosteten Porschetür bewaffnet, die er nun wie einen Schild benutzte. Doch es war abzusehen, dass der wutentbrannte Gangster ihm die Tür über kurz oder lang in Stücke hauen würde.

119

Siggi Zwirbel versuchte als Einziger, mit dem Wagen zu fliehen. Kaum war die Feuerwehrsirene ertönt, da ließ er seine Komplizen auch schon im Stich, sprang in den Wagen und trat das Gaspedal durch.

Der Mercedes mit dem Anhänger ruckte an und nahm Geschwindigkeit auf. Bis zum Tor waren es nur einige hundert Meter. Wenn er es erreichte, hatte er gute Chancen zu entkommen – mit den Blüten und den Druckplatten im Kofferraum.

Carlo machte ihm einen Strich durch die Rechnung. Er war schon längst zur Kanzel zurückgeklettert und hatte zu seiner Erleichterung festgestellt, dass der Stromkreis zum Kran nicht abgestellt war.

Mit ein paar Handgriffen überwand er die Betriebssicherung, schloss den Kran kurz und setzte ihn in Bewegung. Der Mercedes war nicht mehr weit vom Doppeltor entfernt, als Carlo den Ausleger herumschwenkte und die Greifkralle sinken ließ. Die stählerne Klaue umfasste den Mercedes wie eine Kinderhand ein Spielzeugauto – und hob ihn hoch in die Luft. Der Anhänger riss sich von der Kupplung los und stürzte zu Boden.

In das Knirschen von zusammengestauchtem Blech und das Splittern von Glas mischte sich der entsetzte Schrei von Siggi Zwirbel, der sich in die Mitte der Sitzbank flüchtete und glaubte, dass sein Ende nun gekommen sei. Er schloss die Augen, schlug die Hände vors Gesicht und wimmerte leise vor sich hin. Und so sollte ihn Kommissar Klicker eine Viertelstunde später noch vorfinden.

Während Omelett nun darauf wartete, jeden Augenblick mit dem Mercedes abzustürzen, kam Adi gerade

120

mühsam auf die Beine – und zog schnell den Kopf ein, als Schubi Schlot haarscharf über ihn hinwegsauste. Bodo spielte mit ihm noch immer Wirbelmacher – so wie auch der Baron noch immer die Feuerwehrsirene kurbelte.

»Um Gottes willen, lass ihn los!«, schrie Adi. Aus der Ferne kam das Schrillen einer Polizeisirene, die schnell lauter wurde. Das war sicherlich Kommissar Klicker, der die Feuerwehrsirene gehört hatte und seine Freunde wohl in ernstlichen Schwierigkeiten glaubte.

»Ganz wie du willst, Adi«, rief Bodo vergnügt und ließ Schubi Schlot einfach los.

Der lange Lulatsch flog wie ein Geschoss davon, segelte durch die Luft, machte eine unsanfte Bauchlandung, pflügte durch eine große Pfütze und hatte dann noch immer so viel Fahrt drauf, dass er Schote umriss.

Schote landete genau vor Tinos Füßen. Als sich der Gangster wieder aufrappeln wollte, sagte Tino: »Es reicht! Ich habe keine Lust, mir bei dieser Prügelei noch mehr Beulen zu holen. Gib Ruhe und leg dich schlafen!« Er sorgte mit der demolierten Porschetür dafür, dass der Gangster sich auch wirklich schlafen legte.

Schubi Schlot hatte den Segelflug erstaunlich gut verkraftet. Er kam sofort wieder auf die Beine, wenn er auch wie ein Betrunkener wankte. Doch von seinem Kampfgeist war nichts mehr geblieben. Das schrille Heulen der Sirenen versetzte ihn in panische Angst – und er rannte kopflos davon.

Blacky sah, wie der ellenlange Gangster die Flucht ergriff und eine ganz schmale Gasse hinunterlief, die ein leichtes Gefälle zum Zaun hin aufwies. »Na, du wirst nicht weit kommen, Freundchen«, murmelte Blacky, wuchtete einen mannshohen, ausgemusterten Bulldozerreifen hoch und schickte ihn dem flüchtenden Gangster hinterher.

Der Reifen holte den Gangster schnell ein.

Schubi Schlot warf einen Blick über die Schulter zurück und schrie auf, als er den heranrasenden Riesenreifen sah. Er lief so schnell er konnte, doch der Reifen holte auf.

Plötzlich entdeckte er eine Quergasse zu seiner Linken. Dort hinein wollte er sich retten. Blacky, der ihm und dem Reifen nachgerannt war, ahnte das wohl, denn er brüllte warnend: »Abbiegen gilt nicht, Schubi! Das ist eine Einbahnstraße!«

Schubi Schlot heulte auf. »Auch das noch! … Das ist gemein! Ich …« Weiter kam er nicht mehr. Der immer schneller werdende Reifen hatte ihn erreicht und schleuderte ihn zu Boden. Völlig entmutigt und restlos erledigt blieb er liegen.

Die Omelett-Bande war geschlagen.

Als Kommissar Klicker auf dem Schrottplatz aus seinem zivilen Einsatzwagen sprang, hatten die sechs Freunde vom *Parkhotel* die Kisten mit dem Falschgeld schon sichergestellt und die beiden Gangster fachgerecht verschnürt.

»Und ich dachte schon, ihr hättet euch diesmal zu viel zugemutet!«, stieß Klicker hervor. Er war sehr erleichtert, sie gesund und munter wieder zu sehen. Er deutete zum Mercedes hinauf, der über einer Schrotthalde schwebte. Deutlich war das Wimmern des Bandenbosses zu hören. »Sieht so aus, als hätte Siggi Zwirbel zu

123

hoch hinausgewollt und nun Schwierigkeiten mit der Höhenluft. Es ging hier wohl hoch her … buchstäblich.«

Adi grinste, denn er war glücklich über den guten Ausgang der Aktion. »Nun, ein wenig turbulent ging es schon zu. Doch wie Carlo sagen würde. ›Ein harter Kontrabass muss nur weich gegeigt werden.‹ Und außer ein paar geringfügigen Kratzern hat keiner was abbekommen.«

Der Baron lehnte sich auf die alte Sirene mit der Handkurbel und nickte zustimmend. »Der Ton macht die Musik. Ich will nicht unbedingt mich in den Vordergrund rücken, doch um der richtigen Beurteilung der Geschehnisse willen sollte nicht unerwähnt bleiben, dass die Furcht einflößende, Verwirrung stiftende Feuerwehrsirene einen geradezu entscheidenden Beitrag geleistet hat.«

»Na, in sicherer Deckung den Leierkastenmann zu spielen, ist wohl kaum die richtige Methode, sich für eine Tapferkeitsmedaille zu empfehlen«, bemerkte Blacky spitz. »Wir haben uns dagegen die Hände schmutzig machen müssen.«

»In jeder Armee gibt es das Fußvolk für die weniger anspruchsvollen Aufgaben, während Taktik und Strategie den Führungskräften vorbehalten sind. Zudem ist Musik nichts für die rauen Pranken eines Kochs, sondern nur für sensible Hände«, erwiderte Heiner von Hohenschlaufe hochnäsig.

Tino drängte sich zum Kommissar vor. Er hatte rote Flecken im Gesicht vor lauter Aufregung. »Schubi Schlot hat gestanden, dass sie die Druckplatten im Kofferraum haben. Ist denn damit alles vorbei?«, fragte er

ein wenig ängstlich. »Ich meine, wird man mich ...«

Kommissar Klicker legte ihm eine Hand auf die Schulter. »Mach dir darüber keine Gedanken mehr, Tino. Darum kümmere ich mich höchstpersönlich. Du kannst ganz beruhigt sein. Du bist voll und ganz aus dem Schneider.«

Das war für Tino und seine Freunde die beste Nachricht seit langem. Die Ängste, Sorgen und Mühen waren vergessen. Doch eins würde Tino dennoch bezahlen müssen: das großartige Fest, mit dem die Freunde das glückliche Ende des Omelett-Komplotts feiern würden ...

Kommissar Klicker und seine Freunde machen den Gaunern das Leben schwer

Band 1:
Unternehmen Bratpfanne
OMNIBUS Nr. 20665

Band 2:
Jagd auf blaue Blüten
OMNIBUS Nr. 20666

Band 3:
Die Heringsfalle
OMNIBUS Nr. 20667

Für Leser ab 10

Rainer M. Schröder
Kommissar Klicker

Band 4:
Geheimsache Pustekuchen
OMNIBUS Nr. 20668

Band 5:
Käpt'n Ketchup dreht ein Ding
OMNIBUS Nr. 20669

Band: 6:
Ping-Pong in der Falle
OMNIBUS Nr. 20670

Selten kommt es vor, dass ein paar ausgebuffte Ganoven ihre Karriere an den Nagel hängen und beschließen, als Hotelbesitzer ein ehrliches Leben zu führen. Während ihrer aktiven Zeit von Kommissar Nagel unbarmherzig gejagt, gehören sie nun zu den engsten Freunden des Polizeibeamten.
Der Kommissar, wegen seiner spiegelglatten Glatze auch Klicker genannt, bittet die sechs Ex-Ganoven oft um ihre Mithilfe bei der Aufklärung ganz besonders kniffliger Fälle. Immer sind Adi und seine Kollegen – alle Meister ihres Fachs – zur Stelle und stehen dem Kommissar mit ihren besonderen Kenntnissen und mit Humor zur Seite.

»Kommissar Klicker« –Spannung und Spaß garantiert!

Der Taschenbuchverlag für
Kinder und Jugendliche von Bertelsmann

DIE REDWALL-SAGA
von Brian Jacques

  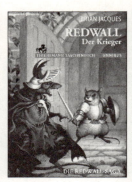

Die Mauer
OMNIBUS Nr. 26021

Die Suche
OMNIBUS Nr. 26079

Der Krieger
OMNIBUS Nr. 26081

Atemlose Spannung und aufregende Abenteuer

für Leser ab 10

Seit vielen Jahren leben die Mäuse der ehrwürdigen Abtei Redwall in Frieden. Jeder, der Rat und Hilfe sucht, wird bei den Mönchen herzlich aufgenommen. Doch eines Tages wird dieser Frieden von außen bedroht: Cluny, der hinterhältige Rattenhauptmann, und seine Bande tauchen plötzlich in der Nähe der Abtei auf und machen die Gegend unsicher. Die Tiere des umliegenden Waldes flüchten in die sicheren Mauern von Redwall. Gemeinsam versuchen sie den Sturm auf die Abtei abzuwehren ...

Thienemann Taschenbuch bei OMNIBUS